「那就是祕密武器——
『大妲黛』。」
「不不不，
重點是為什麼要做成我的樣子！
維持魔巨像的模樣就好了吧！」
這個勇者明明超TUEEE強卻過度謹慎 4
U0026179

姜德
塔瑪因的前將軍。
被葛蘭多雷翁
變成了不死者。
莉絲妲黛
新手廢柴女神。
目標是拯救伊克斯佛利亞。
龍宮院聖哉
謹慎到無法想像的勇者。
受到莉絲妲召喚。

殺子
擁有心的殺人機器。
巴爾祖魯
金神。
超愛錢。
波洛斯
土神。
外表是帥哥，
但是一到了夜晚……

歐克賽利歐

擁有數萬魔導兵器的機皇。
具備統率能力。

「雙刀流爆轟焦破……！」

4

Kadokawa Fantastic Novels

彩頁、內文插畫／とよた瑣織

This Hero is Invincible but "Too Cautious" 3

第二十五章　土神

我——莉絲妲黛與聖哉要去拯救過去沒能拯救的世界——伊克斯佛利亞，但是來到伊克斯佛利亞之後，面臨的是不斷冒出來的災難。

聖哉因為狼男的緣故變得瞻前不顧後，我正慶幸他總算是恢復了原狀，能力值凌駕魔王的獸皇葛蘭多雷翁便登場了。通曉了神界禁招——狂戰士化，打倒葛蘭多雷翁之後，我們才放鬆了一會兒，就被告知這次輪到名為「機皇兵團」，擁有數萬魔導兵器「殺人機器」的機皇歐克賽利歐現身了。

面對新的強敵出現，我恐懼到甚至忘記了自己的女神身分。但是我召喚過來的那位謹慎到超乎想像的勇者——龍宮院聖哉卻保持著平靜，一如既往地宣告他要返回神界進行準備。

「準備？你的意思是說你要在這種情況下離開塔瑪因嗎！」

聽到聖哉要回神界，塔瑪因王國的前將軍姜德大聲嚷嚷了起來。他身材高大，體格壯碩，卻是膚色如土。他的頭髮亂長，雙眼凹陷。葛蘭多雷翁支配塔瑪因的時候，他被當成玩具，被迫變成了不死者。

我告訴憤怒的姜德將軍，神界的時間流逝速度緩慢，在不到伊克斯佛利亞一小時的時間之內我們就能回來。聽完我的解釋之後，姜德將軍才勉為其難地接受了。

然後，姜德突然露出嚴肅的表情看著我說：

「既然這樣，女神大人，在妳回神界之前，我希望能拜託妳一件事。」

「咦？拜託我一件事？」

「我希望……妳可以讓我死去。」

「姜德！你到底在說什麼？」

我還是人類時的母親——卡蜜拉王妃失聲大叫，姜德卻燦爛一笑說：

「王妃，變成不死者的人類，無論使用什麼法術或道具都無法再變回原來的樣子。不僅如此，還不曉得什麼時候會失去理智，攻擊身邊的人類。」

王妃和我都說不出話來。

——可是，怎麼可以因為這種原因就讓如此傑出的將軍死去……！

「若是能藉由神界的女神大人的力量歸天，我得償所願。」

姜德微笑。我不知道該如何是好，於是看向聖哉。只見聖哉點了點頭，理所當然地說：

「嗯，他可能隨時會失去理智，最好趕快讓他升天。」

——！好過分！

就連姜德也皺起了眉頭。

「聽你這麼說實在很令人不爽……可是你說的沒錯。女神大人，請妳給我一個痛快。」

「真的……要這麼做嗎？」

姜德點頭，王妃似乎也下定了決心，用真摯的表情對我鞠躬說：「拜託妳了。」然後，王妃重新看向姜德。

「姜德……感謝你一直以來對塔瑪因的付出。」

「卡蜜拉王妃，我會永遠在天上守護著塔瑪因的復興。」

面對這悲傷的訣別，我感覺眼眶發熱。可是我不能哭！我好歹是個女神！為了回應姜德將軍的決心，我必須讓他沒有痛苦地順利到天國去！

我把手放在姜德將軍的額頭上。

「那麼，現在開始送姜德將軍的靈魂回歸天上！」

我發動了治癒之力，神聖的治癒魔法會對姜德造成傷害，姜德的臉在我的手下開始冒出白煙。

……嘶嘶、嘶嘶。

姜德的表情充滿了痛苦。

……三分鐘後，姜德好像終於受不了了，他開口說：

「女、女神大人……！可以的話，我希望妳能夠一口氣給我個痛快……！」

「嗯！我知道了！」

我、我在搞什麼啊！我一定要更加努力地使出全力才行！耗費的時間越長，會讓姜德將軍越痛苦的！

我深呼吸之後，猛地睜開眼睛。

哦喔喔喔喔喔，燃燒吧！我的小宇宙！釋放吧！火力全開之超級女神之力（Power of Goddess）！

……嘶嘶、嘶嘶、嘶嘶嘶。

然而，聖光保持在直徑三公分左右沒有擴大，灼燒著姜德的額頭。

姜德開始用力扯自己的頭髮。

「我不要啦啊啊啊！太痛了啊啊啊！好像有人拿著放大鏡聚集陽光在燒我一樣！」

「對、對不起！」

以我如今受到限制的神力，可能要花好幾個小時才能讓姜德升天。聖哉一邊說著「繼續繼續」一邊走近姜德。

「沒辦法，我用無限落下（Endless Fall）把你打落地底岩漿吧。」

「！不但不能升天，還要被打落地獄！我絕對不要死在你這個傢伙的手上！」

聽姜德這麼說，聖哉重重地嘆了一口氣。

「再繼續耗下去只是浪費時間而已，先丟著這傢伙不管吧。只不過，為了防止這傢伙失去理智時做出什麼事情來，我先用強力的土蛇纏住他。」

土蛇像首飾一樣纏住姜德的雙手、雙腳與脖子。

姜德臉上露出極其不痛快的表情，王妃則是將手搭在他的肩膀上說：

「呵呵呵，姜德，要再請你關照一段時間了。」

「遵……遵命！」

因為我的緣故，結果變得有點微妙……但是看到王妃與姜德將軍愉快的表情之後，我覺得有那麼一點點開心。

然後，我和聖哉通過門回到了神界。

踏入統一神界的廣場之後，我立刻詢問聖哉。

「所以呢？聖哉，對抗機皇兵團的準備是什麼？」

「比起習得新的招式，這次我想要將現有的能力提升到極限。也就是要完全熟練土系魔法。」

「那你的意思是要去找……土神？」

「沒錯。既然妳認識，那我想趕快開始修行。」

火、水、土等自然五行的神祇在神界也是偉大的存在，我曾經見過土之男神波洛斯大人好幾次。神界裡的男性神祇大多肌肉結實，波洛斯大人卻是高挑纖瘦，五官美麗端正到連身為女神的我都會不禁嘆息的男神。

從廣場稍微走一段路，可以看見神界美麗的花園。

萬里晴空之下，土之男神波洛斯大人茶棕色的髮絲從草帽底下露了出來，手持澆水器為色彩繽紛的花朵們澆水。

「午安，波洛斯大人。」

「午安，莉絲妲黛小姐。今天天氣真好。」

他以爽朗的笑容向我打招呼，然後看向花兒。

「花很棒，賞花能夠療癒心靈。」

看到他憐愛地看著花朵的側臉，我的心不禁為之一揪。

啊啊……波洛斯大人果然是位棒呆了的男神！

但是，在我說出希望他教導聖哉土系魔法之後，波洛斯大人歪著頭說：

「可是勇者先生看起來已經精通土系魔法了喔。」

的確，聖哉此時此刻的土系魔法等級已經很高了，他說要「完全熟練土系魔法」，究竟還想要再學什麼呢？

聖哉走近波洛斯大人，開口說：

「簡單來說，我想創造出比土蛇更強大的怪物。我做過很多嘗試，但是只靠我一個人很難辦到。你既然是土神，那就有可能做到吧？」

「嗯，當然。『土』的極致是『岩石』，只要你學會如何創造岩系怪物，就能夠做出遠比土蛇更強大的魔巨像等怪物。」

「魔巨像！對呀，聖哉！我們可以製造大量的魔巨像怪物，讓它們去迎戰機皇兵團！」

「嗯，沒錯。」

我們盯著波洛斯大人看，不一會兒之後，土之男神微微一笑。

「從勇者先生現在的等級來看，習得的可能性非常高。只不過，創造岩系怪物在土系魔法當中是最高難度的技能，我想這不是一朝一夕能學會的事情。」

「不行，我想拜託你盡可能快點教我。」

這個發展跟平時一樣，所以這次我決定事先幫波洛斯大人打支預防針。

「呃，波洛斯大人！這個勇者很厲害！就連需要花好幾天才能學會的神技都可以馬上學會！所以——」

說到這裡，波洛斯大人打斷了我的話。

「我已經耳聞過這位勇者的事蹟了，他是被賦予重任，要拯救難度ＳＳ級世界的奇才。即使是一般來說需要一個月才能學會的技能，他或許都可以在今天或明天就學會。」

「既、既然這樣！」

「不是的，這是我的問題。」

「咦？」

波洛斯大人露出了有點困擾的表情。

「事實上，是我有時間限制。我只有正午到傍晚的時間能夠活動。」

波洛斯大人望向天空中的太陽。

「太陽馬上就要落下了，我今天只剩下兩小時左右的時間可以自由行動。」

「為什麼？你為什麼會有時間限制？」

「抱歉，原因我不能說。」

「我們必須拯救世界，統一神界裡的神明應該要協助人類吧？」

「真的……非常抱歉。」

波洛斯大人難過地低頭道歉，看到波洛斯大人這個樣子，我開口幫他說了幾句話。

「聖、聖哉！你怎麼可以這個樣子！波洛斯大人肯定有他的各種苦衷啊！」

聖哉沉默了一會兒後說：

「這樣啊……好吧。既然如此，接下來的兩個小時，就請你嚴格地教導我吧。」

「我了解了。那我們馬上開始吧。」

然後開始了有時間限制的修行。

又酷又帥氣的聖哉與溫柔的帥哥男神波洛斯大人，這個組合實在養眼。我忍住想要一直看著他們的心情，離開花園以免打擾他們修行。

——可是，有時間限制這點真的好奇怪喔。波洛斯大人白皙又纖細，難道是因為「體弱多病」嗎？可、可是神祇會有這種問題嗎？

然後我回到廣場，去找熟識的老面孔。

看到坐在「賽爾瑟烏斯咖啡座」戶外座位上的前輩女神阿麗雅朵亞、軍神雅黛涅拉大人，以及幫忙送上咖啡的劍神賽爾瑟烏斯之後，我終於湧起返回了神界的實感，並且露出了笑容。

「阿麗雅！我回來了！」

「莉絲妲！」

阿麗雅跑過來抱住我。

「幸好妳沒事！能夠回到神界來，代表六芒星破邪成功了，塔瑪因也獲得解放了對不對！」

「嗯、嗯。呃，那個嘛，發生了一些情況……」

事實上，六芒星破邪因為我的緣故而失敗了。大概是不忍看我吞吞吐吐的模樣，雅黛涅拉大人要我喝點咖啡。

「這個嘛，總、總而言之，喝吧。雖、雖然這咖啡既不好喝，也不難喝，味、味道平凡無奇，實在不怎麼樣。」

「喂！妳怎麼可以說這種話！這是我拚了命泡出來的咖啡耶！」

我以杯就口試喝了一口，其實並沒有那麼糟糕。

「賽爾瑟烏斯！這咖啡不錯呀！感覺像是『好喝的即溶咖啡』！」

「喔、喔，這樣啊……喂！我明明是用高級咖啡豆泡出來的，為什麼會是即溶咖啡的味道啊！」

賽爾瑟烏斯很生氣，但是阿麗雅開口問我：

「吶，莉絲妲，聖哉呢？」

「嗯，他現在正在接受土神波洛斯大人的教導。」

「……波洛斯啊。」

看到阿麗雅沉默下來，我感到一陣不安。

「咦？不、不會有事吧？不會又是什麼奇怪的神吧？」

「是、是呀，我沒聽說過波洛斯有什麼奇怪的傳聞。可是有件事情比較奇怪……波洛斯他絕對不會在夜晚出現在別人的面前……」

「啊，果然是這樣。」

「或許是他自己對自己訂下的規則吧。既然是修行，那就按照他的規矩來吧。」

「嗯！我知道了！」

我從座位上站起來，前往餐廳去準備聖哉的晚飯。

——雖然是有時間限制的修行，可是阿麗雅也說了，土神波洛斯大人是個普通的男神！跟變態女神蜜緹絲或戰神傑特比起來一點問題也沒有！

……我當時是這麼想的。

第二十六章　帥哥崩毀

我幫聖哉做三明治，回過神來才發現已經快要傍晚了，於是我又匆匆趕往神界花園。

走著走著，走到距離花園稍微有一段距離的地方，我聽到聖哉與波洛斯大人似乎起了口角。

「聖哉，今天先到此為止吧。」

「可是我還想再練。」

「不是說好練到傍晚嗎？」

「你的身體狀況又沒問題，繼續吧。」

「不、不行。」

「來吧。」

「不要。」

「再練一個小時就好。」

「這我真的不行。」

「再練三十分鐘。」

「饒了我吧……」

怎、怎麼這麼死纏爛打！簡直就像騷擾陪酒小姐的上班族一樣！聖哉即使遭到拒絕也完全不肯罷休，突然——

「唔……嗚嗚嗚嗚嗚！」

波洛斯大人用手捂住嘴巴發出呻吟。我看不下去了，於是跑到波洛斯大人身邊，張開雙手擋在他的身前。

「聖哉！不可以這樣！你看波洛斯大人這麼痛苦！」

然後我轉頭問波洛斯大人：

「波洛斯大人，您還好嗎？」

就在這個時候。

「別過來——————！」

「！噫！」

聽到溫柔的波洛斯大人發出那種不像他會發出的大吼，我大吃一驚。波洛斯大人發現自己的失態，向我道歉說：

「抱、抱歉，我今天的狀況不太好，明天再繼續吧……」

然後他用手捂著嘴，快步離去了。

波洛斯大人走掉之後，我斥責聖哉。

「我說聖哉！你太過分了！不是說好練到傍晚為止嗎？」

只不過，聖哉似乎完全沒有反省的意思，而是自顧自地感到焦躁。

「唔，消化不良。原本想要持續猛練一整天的……」

然後他對我投來冷淡的視線。

「沒辦法了。莉絲妲，妳先回去。我要以剛才的練習為基礎，在這裡獨自鑽研土系魔法。」

「知、知道了……」

這個勇者雖然專斷獨行，但是必須熟習土系魔法才能拯救伊克斯佛利亞卻是不爭的事實。我不再繼續叨唸他，離開了花園。

隔天中午。

我拿飯糰去給跟平時一樣睡在召喚之間的聖哉，還特別叮嚀了他：

「我說，你今天不可以再強迫波洛斯大人了喔。」

「不行，我想把昨天落後的進度補回來。我要在今天之內學會。」

「受不了你耶！就算從現在開始猛練，到傍晚也只有幾個小時而已！怎麼說都太勉強了啦！」

安。

「用不著擔心，我有辦法。」

「有、有什麼辦法？聖、聖哉？」

聖哉沒有再多說。看著這位自信滿滿的勇者肆無忌憚地走在神殿中，我只感到一股不安。

「早、早安，聖哉先生……」

大概是昨天被他盧到怕了，波洛斯大人看到聖哉，臉部抽搐了起來。

我原本以為聖哉會無視波洛斯大人，說：「我們趕快開始吧！」結果他居然一臉過意不去地鞠躬道歉了。

「昨天是我不對，雖然是為了拯救世界，但我有點太著急了。今天就按照你的步調來吧，時間也準時到傍晚為止。」

「「咦？」」

波洛斯大人和我都吃了一驚，這麼值得嘉許的聖哉太少見了。哎呀，雖然說這種值得嘉許的行為只是一般常識啦……

「這、這樣啊！聽你這麼說我就放心了！」

「嗯，那就有勞你到傍晚了。在開始訓練之前——」

聖哉看了看周遭。

「我今天想實際學習怎麼製造岩系怪物，可是不想因為製造出魔巨像而破壞這座精心打理的美麗花園。」

於是聖哉走近波洛斯大人，拍了拍他的肩膀。

「……移動式洞窟（Cave Along）。」

波洛斯大人與聖哉的身體開始漸漸沉入地底。

「等、等一下，聖哉！」

我也跑到聖哉身邊，跟他們一起潛入移動式洞窟之中。

……潛入地下之後，我嚇了一跳，裡面不是以往那種狹小的空間。經過葛蘭多雷翁之戰與昨天的修行，聖哉的土系魔法的威力升級了。半徑超過十公尺的寬敞空間在眼前展開，聖哉邊走邊往四周的土牆上塞入魔光石，拜魔光石之賜，四周微亮起來。

「在這裡練習的話，要製造多少怪物都沒有問題。」

然而，波洛斯大人的臉色有些難看。

「謝謝你這麼顧慮花園。可是聖哉，這裡沒有太陽，我會不知道時間到底過了多久……」

「用不著擔心，我在那裡放了時鐘。」

聖哉伸手一指，只見昏暗的洞窟土牆上掛著一個圓形的時鐘。

——總、總覺得哪裡怪怪的……

按照聖哉的性格來推斷，我懷疑其中有詐，可是波洛斯大人是一位單純的男神。

「那我就放心了！」

他露出了無邪的笑容。

就這樣，修行開始了。波洛斯大人從土裡創造出超過三公尺的魔巨像，那是全身都以岩石構成的堅固怪物。聖哉也想照做，從地上叫出來的魔巨像卻只有手臂，看來他還沒辦法把全身都做出來。

「但還是很厲害了！居然這麼快就可以讓魔巨像成形！」

波洛斯大人對聖哉讚不絕口。在那之後，聖哉一次又一次地挑戰，最後總算能夠做出有模有樣的魔巨像了……我才剛這麼想，魔巨像就馬上嘩啦嘩啦地垮掉了。波洛斯大人說的沒錯，製造岩系怪物是最高難度的技能，就連聖哉也沒辦法馬上學會。

……不知道重複了多少次的失敗之後，波洛斯大人開始坐立不安起來。

「那個，聖哉，還剩多少時間？」

可是，聖哉面無表情地指著時鐘說：

「用不著擔心，才兩點而已。」

時鐘的指針顯示時間剛過下午兩點，於是波洛斯大人露出放心的表情。

「這樣啊！那就好！」

……又過了一段時間，聖哉終於學會製造魔巨像了。這次他打算一次製作兩三隻，但是要大量生產的難度似乎很高，他怎麼努力都沒辦法把魔巨像的數量增加到三隻以上。

就在這個時候，波洛斯大人突然開口問聖哉：

「聖哉，現在幾點？」

「用不著擔心，才兩點而已。」

「那就好！」

看時鐘的指針，時間的確還沒到兩點半……還沒到，可是……

——不不不，等一下，這會不會太奇怪了！

照理來說應該已經至少經過一個小時以上了！可是時鐘的指針卻幾乎沒有在動！

——原、原來是這個樣子！一個走得特別慢的時鐘……這就是聖哉的辦法！可是做得這麼扯，一定馬上就會穿幫的呀！

然而。

「聖哉，還剩多少時間？」

「才兩點而已。」

「那就好！」

「聖哉，幾點了？」

「還是一樣，兩點。」

「啊啊，那就好！」

即使重複過著沒有終點的兩點，波洛斯大人也沒有發現。

「教導聖哉真令人開心！」

波洛斯大人好像有點興奮。哎呀，畢竟聖哉什麼都能馬上吸收，學什麼都很快，是一個讓人教起來很有成就感的學生。波洛斯大人很投入，所以才會沒注意到時間的流逝吧。

可是我的生理時鐘已經超過傍晚了，我偷偷湊到聖哉旁邊跟他說悄悄話。

「我、我說聖哉，繼續下去不會有問題嗎？」

「不用管那麼多，現在該以學會土系魔法為優先。」

「可是……」

「這是為了拯救伊克斯佛利亞。」

「嗯、嗯……」

……修行在無止無盡的兩點之中不斷地持續下去。最後，看著五十隻魔巨像整整齊齊地排排站的景象，聖哉用力地點了點頭。

「嗯，練熟了，修行可以結束了。」

「聖、聖哉！那就快點回到地面上吧！」

聖哉解除了移動式洞窟，聖哉、我和波洛斯大人從地底上升，然後……我傻眼了。

頭頂上有兩顆神界之月！天空中閃耀著滿天的星斗！

我戰戰兢兢地看向波洛斯大人，只見他的膝蓋在不停發抖！

「怎、怎、怎麼會這樣！已經是晚上了……！」

看到波洛斯大人這個樣子，聖哉毫無歉意地說：

「說什麼有時間限制，其實你還是可以做到的嘛。」

我看著臉色蒼白的波洛斯大人——

——咦？

突然覺得有點不太對勁。

在昏暗的移動式洞窟裡面我看不清楚，可是現在，神界兩輪閃耀在夜空中的月亮照亮了波洛斯大人的臉龐。波洛斯大人的嘴邊，居然出現了濃密的落腮鬍！

「咦！波洛斯大人您原本就有長鬍子嗎？」

就在我吃驚地詢問的下一秒——

「嗚……嗚喔喔喔喔喔喔喔喔喔喔喔喔喔喔喔喔！」

波洛斯大人發出低沉粗獷的大吼！

「什麼！」

看到發生在眼前的景象，我瞠目結舌。波洛斯大人嘴邊的鬍子飛速生長，轉眼間便長成仙人般的長鬍鬚！手臂、雙腿以及露在衣服外面的胸口也開始大量冒出濃密的黑毛！

「！波洛斯大人突然長出了一堆毛！」

聽到我吃驚地這麼大叫，原本很溫柔的波洛斯大人眼神凶狠地朝我瞪過來。

「妳看見了吧啊啊啊啊啊啊啊啊啊啊啊……！」

一股怨懟的聲音從他被蓋在鬍子底下的嘴裡發出！

「波、波洛斯大人！這究竟是怎麼一回事？」

波洛斯大人瞪著我與聖哉看了好一會兒，最後自暴自棄似的笑了。

「呵呵呵……我呢，男神賀爾蒙失調，體毛一到晚上就會像這樣瘋狂生長。你們也看到了，不光是臉上的鬍子、手毛、腿毛和胸毛，就連手指毛、耳朵毛，甚至是屁股毛都會長得又濃又密……」

「連、連屁股毛都……！所、所以您才會說修行只到傍晚為止呀？」

「沒錯。然後我會從晚上一直除毛除到天亮。因為只用除毛膏根本來不及，所以要用暴力療法，把除草劑從臉部開始倒在全身。」

「！那、那已經超越暴力療法的範疇了！不可以把除草劑塗在身體上面啦！」

「妳閉嘴！我就是付出了這種流血流淚的努力，才能保持這身美麗的臉蛋與肉體！」

會拿除草劑來除毛的瘋狂男神波洛斯大人抬頭仰望夜空，低聲說；

「在統一神界裡，只有伊希絲妲大人知道我是這種毛髮濃密的神祇，因為我在此之前一直隱瞞著這件事。呵呵呵……然而你們卻……」

我、我有種不妙的感覺！反正已經通曉土系魔法了，我們最好在惹出麻煩之前快點離開這裡！

「波洛斯大人！那我們先告辭了！謝謝您教聖哉土系魔法！」

我笑著，推著聖哉打算離開，可是——

「等等，給老子站住————！」

亂蓬蓬的黑色固體一臉凶神惡煞地擋住了我們的去路。

「你們兩個想去哪？什麼『謝謝』啊！要說夢話等睡著了再說吧！」

「噫！不只體毛，連講話的語調都變得好驚人！」

波洛斯大人不再是溫柔的帥哥男神，而是變成毛髮十分濃密的鄉下大叔了。我不管三七二十一，總之先低頭道歉。

「對、對不起！這件事情我絕對不會告訴任何人！」

「閉嘴！既然看到老子的這副德性，你們兩個這輩子就甭想走出這座花園！」

「怎、怎麼可以這樣！我們還有拯救伊克斯佛利亞的使命在身呀！」

「干老子屁事啊！」

看到波洛斯大人瘋狂的眼神，我顫慄不已。

——這、這位神也很荒腔走板！話說回來，統一神界裡奇奇怪怪的神未免太多了！統一神界有事嗎！

然而，聖哉一動也不動地盯著波洛斯大人看。

「……喂，那邊那隻『UMA（未知生命體）』。」

「！你、你說誰是神祕的不明生物啊！」

「就是你。感謝你教我土系魔法，可是正如莉絲妲所說，我們必須去拯救伊克斯佛利亞，沒空在花園裡跟UMA（未知生命體）糾纏。」

「你、你居然敢愚弄老子……！饒不了你……老子絕對饒不了你……！」

話一說完，我們四周的土壤突然隆起，從土裡冒出來的巨大岩壁將我們團團包圍！

「我們被岩壁圍住了！怎麼辦，聖哉？」

然而！聖哉已經朝波洛斯大人衝了過去。

「呵呵～無視岩壁，而是直接衝著老子這個施術者來嗎？你這小子的判斷力還滿不錯的嘛！」

聖哉衝到波洛斯大人的面前！伸手去按波洛斯大人的肩膀！

——這、這是！他想要像姜德將軍的時候一樣，用土系魔法把波洛斯大人埋起來！

可是波洛斯大人一動也不動！

「啊?你想對身為土神的老子使用土系魔法?那未免太蠢了吧!老子的土系魔法抗性是MAX!你小子的魔法對老子一點用都沒有!」

「是嗎?那我就稍微拿出一點真本事吧。」

聖哉的手搭著波洛斯大人的肩膀,話才一說完——

砰咚!

「什麼——————!」

波洛斯大人發出大叫,腳踝被埋進了土裡!

「這、這是什麼威力!老子土系魔法抗性MAX,居然還能埋住老子的腳!」

「解除包圍我們的岩壁。」

即使如此,波洛斯大人還是猙獰地笑了。

「這座花園是老子的地盤!老子的力量已經灌注在附近一帶的土壤裡了!你們沒有勝算!」

「唔……」

噗的一聲!

波洛斯大人連碰都沒碰聖哉,可是聖哉的兩隻腳踝卻陷進了地底!

「聖、聖哉!」

波洛斯大人趁著這個時候,把自己的腳從地上拔了出來。

「哈～哈、哈、哈、哈！情勢逆轉啦！」
毛髮濃密的男神得意洋洋地大笑，同時往被奪去雙腳自由的聖哉走去。
「你小子就一輩子待在這裡，過著管理花園的每一天吧！」
可是，就在這個時候。
咚！
一陣驚天動地的聲響——
「……噢嗚？」
波洛斯大人的腳又陷入地面了！我仔細看，發現聖哉的鐵拳狠狠地陷進他的腦袋瓜頂！
波洛斯大人一瞬間翻了白眼，但是——
「這、這種軟綿綿的拳頭……根本不痛不癢！」
他又立刻把腳從地面拔出來，繞到動彈不得的聖哉背後！
「不、不管你這小子怎麼求饒，老子都絕對饒不了你！老子要讓你像拉車的馬一樣，從早到晚在花園裡幹活！」
只不過，繞到聖哉背後的波洛斯大人停住了動作。
「……唔咦？」
波洛斯大人的土系魔法還埋著聖哉的腳，但是聖哉卻在看不到他的情況下把白金之劍的劍鞘往背後一送，朝波洛斯大人的腦袋瓜頂狠狠地打了下去！而且還像鐵鎚一樣拚命狂敲！

「哼！」

波洛斯大人的大腿被埋住了！

「哼！」

波洛斯大人的腰被埋住了！

然後，聖哉用力地深吸一口氣。

「……接招吧，灌注最大魔力。」

聖哉才低聲說完，就馬上使出渾身力量，用劍鞘朝波洛斯大人狠狠地打了下去。

砰咚————————！

「痛死啦啊啊啊啊啊啊啊啊啊啊啊啊啊啊啊！」

……波洛斯大人發出嘶吼般的慘叫！但是我回過神來仔細一看，發現波洛斯大人不見了！不、不對，再仔細看看，我才發現波洛斯大人只剩下額頭還露在地面上！

包圍我們的岩壁解除了。我跑向從地底拔出腳，拍掉了腳上塵土的聖哉。

「聖、聖哉！波洛斯大人不要緊吧？他已經只剩額頭還露在外面了！」

「不要緊。神跟不死者一樣，死不了的。」

「可、可是！」

聖哉不理會波洛斯大人，滿意地看著自己的手掌。

「嗯，可以成功製造大量的岩系怪物了。土系魔法的熟練度也到達足以活埋『擁有強大土系抗性的UMA（未知生命體）』的程度……」

「不不不，那不是『UMA（未知生命體）』啦！」

就這樣，聖哉用腳踩著波洛斯大人只從土裡面露出來一點點的頭部，望向神界美麗的月亮，將頭髮往上一撥。

「一切準備就緒（Ready perfectly）。」

「！你踩到了！聖哉！你踩到人家的額頭了！」

第二十七章　新王國建設

聖哉對想開門前往伊克斯佛利亞的我提出了要求，他叫我不要把門開在塔瑪因，而是開在賈爾巴諾。

我依照他的要求，開啟通往賈爾巴諾的門。我戰戰兢兢地把門打開往外瞄，附近似乎沒有獸人。

「聖哉，你是想來告訴希望之燈火（Little Light）的大家，你已經收拾掉布諾蓋歐斯與葛蘭多雷翁了吧？」

「那也是原因之一，但我主要是想知道賈爾巴諾的現況，因為這裡今後要成為僅次於塔瑪因的重要據點。」

「據點？」

聖哉屈身觸碰腳下的土壤，地面隨即隆起，魔巨像龐大的身軀宛如從土中甦醒般爬了出來。一眨眼的工夫，聖哉就創造了十隻魔巨像。

「……把殘存的獸人掃蕩乾淨。」

魔巨像沉默地點頭，邁開笨重的腳步離去。

抵達久違的地下聚落「希望之燈火」之後，居民們聚集到我與聖哉的身邊來，其中也包含了聚落的首領布拉特。

我對一臉老實的布拉特豎起大拇指。

「喂、喂，難道你們把布諾蓋歐斯給……？」

「是呀，我們打倒他了！連支配了這座大陸的葛蘭多雷翁也順便一起解決了！」

「真的假的……！居然連葛蘭多雷翁也……！」

短暫的沉默之後，居民們歡聲雷動。我仔細一瞧，發現用土系魔法在地下打造出這座聚落的少女艾希也在場，而且眼眶中蓄滿了淚水。

「勇者大人……謝謝您……！」

然而，聖哉還是一如往常地用平淡的語氣說：

「但是你們也別急著立刻回到地面上，畢竟拉多拉爾大陸南方還有其他大陸，而且上面居住著強大的敵人。」

「是的。怨皇瑟蕾莫妮可支配著跟此地相隔一片海洋的南方大陸庫列斯，據說她是會使用強大咒術的怪物。」

聽著兩人的對話，我大吃一驚。

——咦！居、居然還有那樣的敵人！我怎麼都不知道！

對於伊克斯佛利亞的內情，本來應該要由我而不是聖哉來進行詳盡的調查，結果卻……我在心中暗自反省。

「在此之前，拉多拉爾這個地區一直都是由葛蘭多雷翁統治，但是得知葛蘭多雷翁被打敗之後，瑟蕾莫妮可很有可能會渡海前來侵略。你們有兩個選擇，一是將整個聚落搬遷到塔瑪因，二是暫時繼續現在的地底生活。」

艾希不發一語，環顧希望之燈火的眾人。布拉特注意到艾希的視線，於是說：

「我要留在這裡，賈爾巴諾是我的故鄉。」

聽到布拉特這麼說，在場的男女老少紛紛點頭。

「還是住慣了的地方最好。」

「畢竟咱們一直以來都在地底生活，再住一陣子也沒差。」

布拉特走近聖哉。

「而且……你應該也能很快就打敗怨皇瑟蕾莫妮可吧？」

他邊說邊輕輕捶了捶聖哉的胸口。

或許那就是布拉特表達感謝的方式吧。

告別希望之燈火的眾人，打開傳送門來到塔瑪因王妃的老家之後，姜德將軍立刻跑到跟前來。

「你們回來了，比我想像的還快。」

話一說完，聖哉就突然往姜德的腦袋上「咚！」地揍了一拳。

「！你幹嘛！」

「確認一下你的理智還在不在。」

「還在啦！我明明就很正常地在說話啊！」

聽到這陣騷動，卡蜜拉王妃與護衛兵們也從我的老家裡走了出來。聖哉環顧眾人一圈之後，宣布：

「那麼，現在開始執行對付機皇兵團的正規策略。」

「半吊子的策略可不管用喔！」

腦袋被痛毆的姜德瞪著聖哉。

「你聽好了！過去統治巴拉庫達大陸的埃爾諾克城是擁有大批優秀步兵與弓兵的堅固城池！但是在機皇兵團的攻擊之下，僅僅一夜就毀滅了！」

「僅、僅僅一夜？」

聽到我吃驚地大叫，姜德看向我。

「我聽說它們在一夜之間毀滅了埃爾諾克城，在三天之內控制了整片巴拉庫達大陸。」

「三天之內控制整片大陸……！那、那要有多強大的力量才可能辦到啊……？」

「操縱數萬台殺人機器猶如操縱手腳般自如的統率能力——除此之外，機皇歐克賽利歐或許還有其他可怕的祕密。」

就算聖哉已經精熟了土系魔法，聽到這番話，我還是湧起陣陣不安。

聖哉應該也跟我一樣，聽到了姜德剛才所說的那些話。但是他好像一點都不放在心上，把他事先安置在塔瑪因的土蛇們統統召集過來。數百條土蛇慢吞吞地聚集到腳下來，在腳邊蠕動。

土蛇們完全不會講話，但聖哉卻好像聽得懂它們的話似的「嗯、嗯。」地點頭。這個景象很不現實。不久之後，土蛇們紛紛鑽回了土裡。

「好了，塔瑪因裡面似乎一隻獸人都不剩了。」

「啊，你剛才就是在確認這件事嗎？」

「畢竟不能在敵人還留在內部的情況下鞏固內防。」

「鞏固內防？」

「我接下來要把塔瑪因圍起來。」

聖哉將手伸向前方，視線望向遠方的城鎮盡頭。

「……萬里鐵壁（Great Iron Wall）。」

低聲說完之後，地底隨即響起轟隆隆隆隆的巨響！同時腳底下一陣搖晃，我、王妃與姜德狠狠地摔了一跤。

「什、什麼？」

姜德是第一個發現的人。

「快看那個！」

我順著姜德所指的方向看過去……只見一堵高達數十公尺的巨大岩壁出現在遠方的城鎮邊境上！

地鳴聲停止，我四處張望了一圈，發現放眼望去的三百六十度角統統被岩壁包圍起來了！

「什、什什什什……！」

我與姜德啞口無言。

「萬里鐵壁是高度五十公尺，厚度一公尺的城牆，而且硬度無異於鋼鐵。就算是攻擊力超過三十萬的敵人來襲，也沒辦法輕易地在上面打出一個洞來。」

——硬、硬度是也很驚人沒錯……可是更重要的是，他居然能夠把這麼遼闊的塔瑪因整個圍起來！

在地底下打造出聚落的土系魔法師艾希雖然也是擁有罕見才華的魔法師，但是聖哉在與土神的修行結束後，似乎已經遠遠地凌駕於艾希之上了。

「為了防止敵人輕易地爬上來，我讓城牆往外翻。問題在於來自空中的攻擊……」

聖哉接著轉職為火焰系的魔法戰士，然後往天空釋放出十幾隻鳳凰自動追擊。

「如果塔瑪因也像希望之燈火那樣潛入地底下，就能夠完美地因應來自上空的攻擊，但也會有陽光受到阻絕等諸多問題。總而言之，現在就先維持這個樣子吧。」

瞠目結舌的姜德，直到現在才好不容易張開了嘴巴說：

「是說……我聽說機皇兵團裡面並沒有會飛的敵人喔。」

「的確，要是現在有會飛的敵人存在，塔瑪因說不定早就已經被攻擊了。只不過，戰況時時刻刻都在變化，就算現在沒有，也不曉得敵人什麼時候會成功製造出空戰型的敵軍。」

「我、我覺得你想太多了……」

聖哉轉職回土系魔法戰士，然後把手伸向前方，地鳴聲再度響起。

「聖、聖哉？你這次又做了什麼？」

「我在剛才鋪設的岩壁外面再鋪了一層岩壁。」

「意思是說，你蓋了兩道城牆？」

「沒錯。」

對於聖哉的謹慎，我、王妃與姜德都帶著幾分傻眼地「啊哈哈」笑著，可是我們很快就笑不出來了。

……因為聖哉又在兩道城牆的外面繼續追加了一道牆。

「喂喂喂！你不是說萬里鐵壁的硬度跟鋼鐵沒兩樣嗎？」

「能做幾道就做幾道，那樣比較安全。」

「可、可是豎起太多道城牆，會沒辦法從瞭望塔看清楚外頭的樣子吧？」

「土蛇就是為此而存在的，我已經讓它們潛藏在城牆外部與每道城牆之間了。土蛇的眼睛與我的眼睛相通，掌握戰況沒有問題。」

……做好五道牆之後，聖哉總算停手休息。

「那麼，接下來要製造魔巨像。」

沒想到就在這個時候，有人從先前一直圍觀著聖哉的民眾之中跑了過來。一名身上纏繞著繩索的女性與一名身著鎧甲的戰士跑到了我們的面前。

「失禮了！我是夏洛娃！勇者大人，請讓我用魔法幫您的忙！」

「我叫普雷司柯！我的力氣很大！」

在這兩個人身後還有大批的塔瑪因居民，也許是受到獸人的荼毒，他們身上大多都受了傷，但是所有人的眼睛依舊閃閃發亮。

——好、好厲害！夥伴漸漸增加了！

我想應該也會有人把獸人支配了塔瑪因一事怪罪在聖哉的頭上，但是，其中也有人像這樣既往不咎，感謝聖哉打敗葛蘭多雷翁，願意出一份力量來幫忙。我對此深深地感激。

然後……聖哉環顧了聚集過來的眾人一圈之後這麼說：

「完全沒必要。」

「！喂喂喂喂喂！」

我高聲大叫。

「人家是特地過來幫忙的耶，你怎麼可以這個樣子！」

「對手是可以藉由魔力持續行動的機器，能夠不用吃飯、不用睡覺，無窮無盡地發動攻擊。要對抗這種對手，身為人類本身就是一種不利。」

「可、可能是吧，但是應該還是有什麼地方派得上用場啊！」

聽到我這麼說之後，聖哉點了點頭。

「那就去種田吧。短時間之內誰都無法離開塔瑪因，當務之急是像希望之燈火那樣，建立起一個能夠自給自足的體系。所以，大家努力種田吧。」

然而，自稱普雷司柯的男戰士反對。

「不！我想把我的力量貢獻在與機皇兵團的戰鬥上！」

「你有辦法在一個星期不吃不喝也不睡的狀態下，精力充足地作戰嗎？」

「唔！要、要在那種狀態下保持精力充足是有點困難……！」

「對吧？既然有困難，那就去種田吧。」

「那、那我的火焰魔法——」

「不需要，拿去用在種田上。」

「我、我的弓箭可以從遠處對敵人——」

「不需要，努力種田吧。」

無論誰開口說什麼，聖哉都堅持叫對方去種田，活像一個「頑固的農家老頭」。原本打算提供協助的居民們大概是厭煩了這個頑固老頭，不久之後便帶著微妙的情緒掉頭離開了我們身邊。

「聖、聖哉……！人、人都走光了啦……！」

「沒關係。那麼，接下來開始製造魔巨像。」

看到勇者毫不介意地從地底下製造出魔巨像，我不禁深深地嘆了一口氣。

「別、別在意，就避免無謂死傷這個層面來說，這麼做或許是件好事呀。勇者大人肯定也是用他自己的方式在為大家著想！」

「是嗎……」

王妃開口幫忙圓場，可是聖哉卻自顧自地用陶醉的眼神望著自己打造出來的魔巨像。

「魔巨像是好東西，只要體內的核心不被破壞，就能視作它可以永久性地持續運作。即使伊克斯佛利亞的生物全部滅絕，它們還是可以持續運作。」

「不、不要講那種喪氣話啦……！」

「而且魔巨像不會像人類一樣擅自行動，加上是我召喚出來的，所以絕對不會背叛我。魔巨像是好東西。」

「受不了你耶！剛才那些人也一定不會搞背叛的呀！」

「可能吧，但是魔巨像比他們更壓倒性地不會搞背叛。魔巨像是好東西。」

聖哉對魔巨像的絕對信賴讓我無話可說。

在那之後，聖哉持續不斷地召喚魔巨像，沒過多久，周遭就擠滿了密密麻麻的魔巨像。一排二十隻的魔巨像總共超過了三十排，看到這六百隻魔巨像，姜德忍不住問聖哉：

「喂、喂，你到底打算召喚多少隻啊？」

「既然敵人挾數量而來，那我方也得以數量來抗衡。既然機皇兵團有數萬大軍，那我也要召喚到有好幾萬隻為止。」

「！你要召喚幾萬隻？這樣塔瑪因豈不就變成魔巨像王國了！」

「變成魔巨像王國又怎樣？我所在的世界裡也有羊的數量比人的數量還多的國家，魔巨像比人還多也不是什麼問題。」

「不、不，可是，這……！」

看到姜德一臉無法接受的表情，王妃微笑道：

「姜德，這數萬魔巨像又不是要一直滯留在塔瑪因，勇者大人是打算率領這支魔巨像兵團攻入北方大地呀。」

「喔、喔喔……原來如此，是這個樣子啊。」

然而，聖哉卻對王妃說：

「不，我暫時不打算離開塔瑪因。」

「咦咦咦！你不進攻嗎？既然不進攻，那幾萬隻魔巨像要用來做什麼？」

「所有的魔巨像都只用來迎戰來襲的敵軍。迎戰北方的機皇兵團，加上南方的怨皇瑟蕾莫妮可。我方必須同時因應這兩者，在最糟糕的情況下，甚至要考慮受到夾擊的可能。」

「機、機皇和怨皇彼此之間應該沒有聯絡吧？」

「之前有過布諾蓋歐斯用水晶球跟葛蘭多雷翁遠距離對話的案例，只要有任何一點夾擊的可能性，我就要在這裡按兵不動，堅守不出。等塔瑪因的準備告一個段落之後，我會接著前往賈爾巴諾，在賈爾巴諾附近築起要塞，事先因應來自南方怨皇的威脅。」

王妃啞口無言，然後低聲說：

「這、這還真是驚人呢……！」

姜德也咕嚕一聲嚥了口口水。

「不、不要夥伴，而是使用全部由自己一個人叫出來的魔巨像……然後卻在戰力充足的情況下選擇堅守不出……這、這是勇者會做的事情嗎？」

看到準備躲在城裡堅守不出，只想做足準備等待敵人前來攻擊的勇者，不只姜德，就連王妃也無法掩飾她的驚訝。

第二十八章　來襲

在那之後過了三天，聖哉依舊沒日沒夜地持續召喚著魔巨像。

「……根據士兵的報告，魔巨像的總數似乎已經超過兩萬隻了。」

姜德苦笑著說。我看著下方雲集一片的魔巨像，跟他一樣苦笑了出來。

我與姜德從瞭望塔頂俯瞰著塔瑪因。這是王妃曾被葛蘭多雷翁關押的那座塔，然而現今塔內有士兵常駐，布署了視力絕佳的士兵負責監視。從塔頂還可以俯瞰聖哉在城鎮邊境布下的五道岩壁，聖哉在最外面的牆壁外圍布署了兩千隻左右的魔巨像，更進一步地強化了塔瑪因的守備。

姜德凝神看著外牆，低聲說：

「我一開始覺得他做得太誇張了……可是後來仔細想想，這說不定是那傢伙的心意吧。」

「心意？」

「他過去沒能拯救世界……還連塔瑪因都毀滅了……所以這次他才會像這樣謹慎地準備，試圖拯救世界……」

聖哉對姜德那麼壞，姜德還能夠冷靜地分析他，這讓我有點驚訝。

「哎呀，這只是我自己這麼想而已啦，要是不這麼想的話誰受得了。」

「啊哈哈哈，說得也是。」

在我笑了之後，姜德端正起表情說：

「只不過……女神大人，在我心裡，大概永遠都不會有原諒那個傢伙的一天吧。我無法原諒那個沒有救下緹雅娜公主的傢伙……」

姜德是一名忠義的將軍，他對公主忠誠或許是理所當然，但我還是覺得他對緹雅娜公主有其他特殊的感情。

「姜德將軍，我問你喔，緹雅娜公主跟你是什麼樣的關係呢？」

「我從小教導公主劍術，公主雖然沒有用劍的資質，卻依舊拚命練習不懈，真的很惹人疼愛。」

——嗯？這麼說起來，前世的我一直受到這個人的照顧呢……雖然我完全不記得了……

「還有，公主小的時候，我常常讓她騎在我的肩膀上。公主總是很開朗，像朵花兒一樣惹人憐愛……」

姜德回想起過往，興高采烈地說著緹雅娜公主的事情，看著他的神情，我突然發現了一件事。

「姜德……你該不會……對緹雅娜公主？」

聽我這麼一說，姜德一瞬間露出吃驚的表情，然後四下張望了一圈，確認附近沒有人在之後……

「什麼事都瞞不過女神大人呢。」

他土色的臉頰泛起些許紅暈，囁嚅著這麼說。

「是的，我愛她。愛她勝過世界上的任何一個人。」

「……姜德。」

我用手搭住姜德的肩膀說：

「那個……你有點噁心耶。畢竟緹雅娜公主跟你的年紀差很多吧？還有就是……對不起，你不是我的菜。嗯。我很高興你有這份心意，可是……」

「！不不不，為什麼我要被妳嫌噁心還要被甩啊？我又不是在向妳告白！」

就在這個時候，一名士兵臉色大變地來到我們跟前。

「報告！有事稟告！」

「吵死了！什麼事啦，受不了耶！」

姜德不爽地回應，結果士兵答道：

「在北方發現了敵蹤！」

「……你說什麼？」

我與姜德的臉色驟然大變，然後齊齊看向北邊。

視力比人類好的我，看見一大群人型魔導兵器正列隊朝向這裡進攻。

它們看起來堅硬的金屬軀體反射著陽光，頭部亮著一顆發出紅光的眼睛，像人類一樣用雙腳行走，手上裝備著軍刀，正大舉朝著此處逼近。

「機皇兵團……！終於來了嗎……！」

見姜德抬起一隻手，士兵立刻用力敲響塔上配置的鐘。

「通知城鎮裡的居民躲在家裡，絕對不可以外出！」

姜德對士兵下令，我也連忙對姜德說：

「我、我去找聖哉！我得把這件事情告訴他！」

然而，就在我打算下塔的時候，卻看見聖哉已經順著樓梯爬上來了。

「啊！聖哉！你來得正好！機皇兵團出現了！」

「土蛇已經把消息傳給我了，所以我才會到這裡來，畢竟從塔上比較容易俯瞰整個情況。」

聖哉不慌不忙地來到塔頂，然後瞇起眼鏡看著城牆外逼近的機皇兵團。

機皇兵團的數量比想像中少，好像還不到一千台吧。而且還不打算包圍塔瑪因，而是只在北邊成群結隊地行進。對敵人來說，他們還不確定葛蘭多雷翁是否真的被擊敗了，所以這支軍隊應該是被派來打頭陣試探情況的。

姜德對聖哉提議道：

「要不要把在牆外鎮守的魔巨像全部叫到北邊來包圍殺人機器？」

「不行，北邊的攻擊說不定只是虛張聲勢。魔巨像繼續按兵不動，只用原先布署好的魔巨像來因應機皇兵團的攻擊。」

「唔……」

姜德似乎也覺得聖哉所說的話有他的道理，所以不再多言。

機皇兵團以機械式的隊形有紀律地朝著城牆邁進，堵在城牆前方的，則是聖哉召喚出來的魔巨像群。

由於彼此都不是人類，所以沒有絲毫躊躇，雙方粗暴且突兀地撞上，戰火一觸即發。聖哉製造出來的魔巨像與魔導兵器「殺人機器」之間的首戰開始了。

——沒、沒問題的！魔巨像肯定會一下子就把敵軍一網打盡！

魔巨像伸展巨大的手臂準備砸向殺人機器，殺人機器則是拔出軍刀撲向魔巨像，然後……

「咦咦！」

意想不到的景象映入了我的眼簾！

殺人機器們敏捷地閃過魔巨像的攻擊，宛如鬣狗捕食動作遲緩的草食動物一樣，以三台以上的數量撲上去對付一隻魔巨像！

魔巨像體能雖然強悍，卻也扛不住來自前後左右的攻擊。魔巨像被軍刀砍斷手腳，倒伏在地上，體內的核心也隨即遭到破壞，最後變回一堆土塊。

「喂、喂！魔巨像被幹掉了啊！」

姜德和我都感到驚愕不已，而且舉目望去都是同樣的光景。魔巨像的攻擊當然也擊中並打倒了一些殺人機器，但是被多對一戰術擊倒的魔巨像更是壓倒性的多。

除此之外，又有另一個事實朝我們襲來，令人想遮住眼睛逃避。

一陣劇烈的搖晃與巨響甚至傳到了這座位在遠處的瞭望塔！瞭望塔上的士兵用哀號似的聲音報告。

「北面城牆部分破損！殺人機器突破城牆了！」

「不、不會吧！怎麼會這麼快！」

「魔巨像也受到壓制，正在後退！」

——萬里鐵壁居然這麼簡單地就被破壞了！

姜德咬緊了牙。

「豈有此理……！這就是機皇兵團……！」

再、再這樣下去，第二道、第三道牆壁也會被突破的！然後機皇兵團會抵達塔瑪因！民眾會遭到殘殺！

我驚慌失措，然而……就在殺人機器通過毀損的大洞，準備朝著第二道牆壁一擁而上的那一剎那——

『嗡————————！』

大地搖晃，發出嚇人的聲響！我仔細一看，發現聲音傳來的方向升起了陣陣煙塵！

「咦咦？」

我、姜德與瞭望塔的士兵們都不曉得發生了什麼事情。在一片錯愕之中，聖哉低聲喃喃說道：

「……是地洞陷阱。我在第一道牆與第二道牆之間設下了陷阱。」

我轉頭看向聖哉，只見他朝著北方舉起一隻手臂。

「鐵壁再生（Repair Iron Wall）……」

話才一說完，遠方的城鎮邊界上，被殺人機器突破的城牆大洞瞬間就修復了！

「機、機皇兵團被復原的城牆分開了！」

正如士兵所言，隨著第一道壁壘的修復，掉進陷阱裡的數百台殺人機器與後續的部隊被分隔開了。地洞在不知不覺間被堵上，化為一片平地。

聖哉布下的陷阱雖然活埋了將近三分之一的殺人機器，姜德的臉色卻依舊顯得很嚴峻。

「就算讓牆壁再生也只應付得了一時！它們又會破壞掉修復好的城牆衝進來的！」

姜德所言不假，位於牆外的殺人機器們再度持續攻擊牆壁，然而……這回牆壁卻屹立不搖！

「為、為什麼？剛才明明就被輕而易舉地突破了？」

我狐疑地詢問聖哉。

「我剛剛刻意把被衝破的牆打造得比較脆弱，現在則是恢復了原本的硬度。」

「啥？到底為什麼啊！」

聖哉沒有回答我，而是轉身準備下塔。

「聖哉？等一下！你要去哪裡？」

「今天就到此為止。」

「什麼叫做到此為止？殺人機器還在牆外耶！你在想什麼啊！」

「沒有問題。」

殺人機器認為它們無法打破修復後的城牆，於是像座小山一樣彼此疊起來，企圖爬上城牆頂端……但是由於第一道城牆的形狀向外翻，它們沒辦法爬上去。然後，魔巨像從旁開始追殺專注於疊疊樂的殺人機器群。

「咦咦……！」

看到那個景象，我又大吃了一驚。之前一直以為能力略遜殺人機器一籌的魔巨像們壓制了殺人機器。殺人機器想纏住魔巨像，但是魔巨像雙臂輕輕一揮，就把殺人機器甩了出去，摔扁在地上！

「那才是魔巨像原本的實力，只要十分鐘就能掃蕩完畢。」

想必姜德也跟我一樣困惑吧，他一把抓住準備離開瞭望塔的聖哉的肩膀，逼近他問：

「喂、喂！給我解釋一下！完全搞不懂你在搞什麼鬼啊！」

……不但隱藏魔巨像的實力，還把牆壁變脆弱，故意讓殺人機器突破並掉進陷阱，之後再讓牆壁再生——的、的確是完全搞不懂他在搞什麼鬼！

「我叫你解釋！你剛才採取的那些行動到底是在做什麼？」

被姜德死纏爛打地追問，聖哉露出一臉嫌麻煩的表情說：

「為了確實取勝，我接下來要分析並研究剛才用地洞捕獲的殺人機器，就這樣。」

第二十九章　分析與發現

聖哉準備前往城外，我跟姜德則是一起追了上去。

途中，姜德埋怨道：

「對手是強敵才需要去進行分析吧？發揮實力的魔巨像不是壓制了殺人機器嗎？你為什麼還要特地去分析研究啊……？」

聖哉沒有回答，只是捏著鼻子說：

「離我遠一點，你身上都是殭屍的臭味。」

「唔！」

唉～聖哉還是一樣過分耶。不過也是啦，因為姜德是不死者，身上的確帶有一點腐臭的味道，這也沒辦法……就在我這麼心想的時候，聖哉照舊擺著一張臭臉，看著我說：

「妳也離我遠一點，身上都是殭屍的臭味。」

「！我又不是殭屍！」

……我們兩個與聖哉拉開一點距離，一臉不滿地跟在他後面，一路走到圍繞整座塔瑪因的巨大城牆前面，來到五道城牆裡面最內側的那道牆。

聖哉在岩壁面前低聲唸出：

「移動式洞窟。」

我和姜德湊到聖哉身旁以免被他拋下，然後潛入了地底。

看到用移動式洞窟打造出來的洞窟，姜德發出驚叫。聖哉用魔光石點亮半徑五公尺左右的洞窟內部之後，在地底下走了一陣子。

「……這、這裡是什麼地方？」

——可是，為什麼他要在這種地方施展移動式洞窟呢？

正當我感到費解的時候，聖哉停下腳步，走近並且用手抵住眼前的土牆。

「透明土牆（Clear Wall）。」

話一說完，我們前方的土牆立刻變透明了。看著出現在眼前的景象——

「噫噫噫噫噫！」

我不禁失聲尖叫！因為眼前出現了一群密密麻麻的殺人機器！

隔著一堵牆的對面，空間比我們目前所處的洞窟還要大了好幾倍，數百台殺人機器正在那邊擠來擠去。

「這些就是掉進地洞陷阱裡的殺人機器？是說，這樣不要緊嗎？它們會不會撲上來攻擊我們？」

「透明土牆是能透視地表的透明天花板的另一種用法，因此從對面看不見這邊。而且透明化的土壁厚度有兩公尺，它們無法輕易到這邊來。」

聖哉一邊說明，一邊開始將土蛇插進洞窟的四個角落。

「你、你在做什麼？」

「我在這座洞窟裡面安置了特殊的土蛇，這樣就能聽見對面洞窟裡的聲音。順便一提，它們能夠從低音域涵蓋到高音域，呈現充滿臨場感的立體環繞音效。」

需、需要這種功能嗎……！聖哉在這種奇怪的地方特別講究耶……！

接著，聖哉又從胸口掏出一條土蛇來放到嘴邊——

「啊～啊～啊～」

像在測試麥克風一樣進行發聲練習。緊接著，隔壁洞窟的殺人機器群開始騷動起來，看來是聖哉的聲音傳到對面去了。

「嘰嘰嘰嘰！」

「嘎嘰嘰咕嘰！」

殺人機器們發出令人不舒服的聲音，開始轟鳴起來。

「啊～肅靜，請肅靜。」

「嘰嘰嘎～嘰嘰！」

在那之後，無論聖哉說些什麼，殺人機器們都只回以陣陣轟鳴。

「聖、聖哉！立體環繞音響只聽得見嗡嗡聲啊！」

「唔，看來它們無法理解人類的語言。虧我還特地選用了高音質揚聲器，結果一點意義也沒有啊。」

判斷無法與它們溝通之後，聖哉開始目不轉睛地盯著殺人機器們看。他是在使用能力透視嗎？我和他一樣，也試著發動能力透視。

殺人機器
Lv：20
HP：138954　MP：0
攻擊力：85121　防禦力：98654　速度：85742
耐受性：雷、火、水、冰、土、光、闇、毒、麻痺、詛咒、即死、睡眠、異常狀態
特殊技能：魔王的加護（Lv：MAX）
特技：邪惡射線（Evil Laser）

葛蘭多雷翁麾下的獸皇隊的能力值大概也就這樣吧？事實上，這對聖哉而言應該不是什麼大不了的敵人，但是問題在於它們有好幾萬台。

「雖然我姑且抓了這麼多台殺人機器來當實驗對象……但是它們的能力值全部都一

樣。」

聖哉說的沒錯，映入眼簾裡的每台殺人機器的體力、攻擊力、防禦力等數值，全部都像複製貼上似的一模一樣。

「是說聖哉，魔巨像的能力值是多少呀？剛才我想用能力透視去看卻看不到耶。」

「我在每隻魔巨像身上都施加了偽裝。反正我只能告訴妳，它們各方面的能力值都在殺人機器之上。」

「既然都在殺人機器之上，那你幹嘛還要分析啊？」

聽到姜德發牢騷，聖哉只對他說了一句：

「……要為日後做準備。」

然後便開始進行殺人機器的分析。

「它們明明是機械，卻具備水抗性與雷抗性，要是它們有弱點的話，我打算在魔巨像身上附加抗衡的屬性……唔。」

聖哉不知道從哪裡變出了草紙與筆，振筆疾書地做起了筆記。

看到他那個樣子，姜德露出一臉傻眼的表情。

「總、總覺得這個人很不勇猛耶，他真的是勇者嗎？有沒有跟學者搞錯啊……？」

我也覺得他看起來好像研究人員喔——正當我這麼心想的時候……

「抓一隻隔離起來，進行更詳細的分析吧。」

聖哉用手貼住旁邊的土牆。牆壁變得透明之後，我仔細一看，發現已經有一台殺人機器被關進小號的洞窟裡面隔離起來了。聖哉「啪！」地打了聲響指，那個洞窟上方立刻掉下大量的土蛇。

「嘰嘰嘰嘰！」

殺人機器隨即做出反應，用軍刀將土蛇砍得四分五裂，接著又從臉部射出光線，將土蛇燒殺殆盡。

「剛才那個就是特技『邪惡射線(Evil Laser)』吧。原來是把魔力凝聚成光線，再從眼睛發射出來。當時應該就是這個招式在短時間內把一開始的牆壁打穿了。」

聖哉又打了一個響指，只見殺人機器的腳下隆起，出現了一隻魔巨像。

這次不再像土蛇那次一樣，魔巨像壓制住暴動的殺人機器，然後以力量驚人的拳頭砸了上去……

「頭部遭到破壞即停止活動，其後經過十分鐘也沒有再生的跡象。」

殺人機器停止了活動，即使如此，聖哉還是死死地持續盯~~~~著壞掉的殺人機器看，看到姜德一臉不耐煩地對聖哉說：

「喂，你還要看到什麼時候啊！它應該不會再生了吧！」

「不，說不定它會在對手產生這種想法並鬆懈大意的瞬間復活，然後撲上來。」

「可是聖哉！它的能力值裡面打從一開始就沒有『再生』這種技能吧？」

「能力值僅供參考，不實際看過、親眼確認過，我無法放心。」

……看了將近三十分鐘，聖哉終於接受了這個結果，停下做筆記的手……然後又馬上打了另一個響指，火焰立刻從停止活動的殺人機器頭上灌了下來。

「殺人機器似乎有火焰抗性……不管怎麼努力都燒不起來嗎？」

「搞、搞不懂你在想什麼啦！燒起來了又怎樣啊？」

瘋狂科學家無視姜德，嘴裡說著：「接下來再澆點水看看。」並且持續進行著分析與實驗。看到後來，我們都無話可說了。

……又經過三十分鐘，聖哉停止了筆記。

「很好，分析已經足夠了。」

「終於結束了嗎！那，剩下來的大量殺人機器要怎麼辦？」

「它們已經沒用了，接下來直接毀掉。」

「反正你這傢伙一定不會自己去跟它們交手吧？你要塞一堆魔巨像到洞窟裡去嗎？」

「不，我要更簡潔俐落地處理乾淨。」

聖哉照例打了個響指，只見從殺人機器們擠成一團的寬廣洞窟上方落下了直徑一公尺的岩石。

「那、那是什麼啊！」

怒瞪的大眼！裂開的嘴巴！岩石居然有臉孔！

「不只魔巨像，我也成功學會了其他岩系生物的創造。那是由結合破壞術式、火焰魔法還有土系魔法的組合技而生的『炸彈石』。我把這麼多殺人機器關起來，除了要進行分析之外，也是想要測試看看這種怪物的威力。」

「……嘰——！」

殺人機器們一齊對突然降臨的岩石怪物發動了攻擊，然而，就在那一剎那——

『轟——！』

一陣刺眼的閃光與爆炸聲！隔壁的洞窟跟這裡明明有一層厚厚的牆壁阻隔，傳來的衝擊卻依舊讓我跌坐在地上。

我重新看向洞窟，發現攻擊炸彈石的殺人機器們慘不忍睹地四分五裂。

「它、它自爆了嗎？」

「沒錯，施加一定的攻擊量之後就會爆炸，而且……威力跟我想的一樣驚人，瞬間就把十幾台殺人機器炸成碎片了。」

洞窟上方又陸陸續續地掉下新的炸彈石，殺人機器們一齊朝炸彈石發動攻擊，然後炸彈石在受到傷害之後又產生了大爆炸！

殺人機器們好像沒有高度的智能，它們似乎不知道炸彈石這種「攻擊它就會自爆」的特性，就算同伴被炸飛還是持續攻擊炸彈石，然後又再產生新的爆炸。

「如果能夠成功召喚出直徑更大的炸彈石，就可以期待更大範圍的爆炸威力了。只不過，要是把炸彈石做得太大，塔瑪因大概也會跟著一起大爆炸吧。」

「喂！你開什麼玩笑！」

姜德被這句不容輕忽的話激怒了。嗯……任誰聽到這種話都會生氣吧……

過了一會兒，在殺人機器的數量被爆炸削減到剩下一半的時候，聖哉暫時中斷了炸彈石的投放，又再一次地拿出筆記來。

「他、他又開始分析起來了……！」

而姜德已經在洞窟裡隨地一躺，說道：

「我不想管了！我要睡覺！」

……時間到底過了多久呢？姜德睡著了，整個空間只剩下聖哉振筆疾書的聲音。我也無事可做，只能放空地看著殺人機器所在的洞窟，然而——

——哎呀，那是什麼？

我會注意到「那個」，純粹是偶然。有一台殺人機器躲在寬廣洞窟的角落，軀體像在發抖似的不停振動。

我搖了搖睡著的姜德的肩膀。

「……嗯嗯？啊啊……總算結束了嗎？」

「不，還沒有。」

「！不會吧！他還沒完喔？那傢伙真的有病！」

「重、重點不在那裡，你看一下那個啦！那台殺人機器是不是怪怪的？」

姜德瞥了我所指的殺人機器一眼。

「它的舉動確實奇怪……會不會是掉進地洞裡的時候被嚇壞了？」

姜德興趣缺缺，但是我很在意，於是發動了能力透視。

殺人機器

Lv：20

HP：138954／138954　MP：0　攻擊力：85121　防禦力：98654……

——不對，體力沒有減少，代表它沒有壞掉。既然沒壞，那又是為什麼？

就在這個時候，看著能力值的我冷不防地注意到。

能力值的最後面記錄著這麼一行字。

「性格：溫柔」

咦咦咦！那、那台殺人機器……居然有「性格」！

第三十章　奇怪的機械

「我說，聖哉！那台殺人機器跟其他的殺人機器不一樣耶！它的性格是『溫柔』！」

「唔……」

一直看著七零八落的殺人機器殘骸做筆記的聖哉，沉默地盯著那台殺人機器看了一會兒。

「看來在剩下來的殺人機器裡面，只有這個傢伙擁有『性格』。」

「這是怎麼一回事？」

「工廠大量生產同樣的機械，有時候就會有萬分之一左右的機率混進瑕疵品，這傢伙應該就是那麼一回事吧。」

然後，聖哉的視線又回到殺人機器的殘骸上，再度筆記了起來。

——咦？就只有這樣嗎？

我一瞬間覺得這很不像是聖哉的作風，可是再仔細一想，又覺得聖哉大概只會蒐集對戰鬥有幫助的資訊，所以對「有瑕疵」的殺人機器不感興趣。

不久後，聖哉放下筆。

「好了，這下全部都分析完了。」

「終於結束了啊！」

姜德露出打從心底感到開心的表情。

「嗯，那就來進行最後的大掃除吧。」

聖哉一聲令下，大量的炸彈石開始落入殺人機器們所在的洞窟。

殺人機器朝炸彈石發動攻擊，寬廣的洞窟裡爆炸四起。

在這片混亂中，我的視線一直投注在躲在洞窟角落裡，不斷瑟瑟發抖著的殺人機器上面。

「聖哉……那台殺人機器真的在發抖耶……」

「所以呢？」

「哎呀，所以，那個……你不覺得它有點可憐嗎？」

「魔導兵器可憐？」

「……嗯。」

聖哉與姜德都用有點傻眼的表情看著我，可是我還是不禁覺得，那台在洞窟角落裡瑟瑟發抖的殺人機器就像個被戰火嚇壞的小孩子。

聖哉一臉無趣地瞥了一眼那台殺人機器。

「『擁有性格的魔導兵器』是嗎……說不定真的是個珍貴的樣本，把它隔離起來以防萬

「好了……」

發抖的殺人機器立足的地面出現一個洞之後，它不見了。沒過多久，殺人機器被丟進隔壁的小洞窟，同一時間，炸彈石也將剩下的殺人機器們一起炸掉，時機可謂千鈞一髮。

被隔離開的小洞窟裡，殺人機器搞不懂自己所處的狀況，正在不安地東張西望。但是，一顆炸彈石突然從它頭頂上「咻」地一聲掉下來，嚇得它一陣腿軟，跌坐在地上。而我也同樣震驚。

「炸彈石？為什麼？你不是說它是珍貴的樣本嗎！」

「這是實驗，如果那傢伙擁有高度智能的話，那它應該就不會去攻擊炸彈石。」

我們盯著兩隻怪物看，那台殺人機器果然只是一直害怕地發抖，沒有進行任何的攻擊。

「聖哉，它不會攻擊的，因為它『溫柔』嘛！」

「真的是這樣嗎？」

聖哉打了個響指，我驚訝地看見炸彈石扭曲地咧開大嘴笑了。

「喂，你這傢伙……！發什麼呆啊，快來攻擊我呀！」

看到岩石發出粗獷的聲音，我大吃一驚。

「說話了！炸彈石說話了！」

「我做了一點設計，讓不攻擊它的人會忍不住想攻擊它。」

我立刻理解了聖哉所說的話是什麼意思，炸彈石露出令人惱火的笑容接著說：

「喂，有膽就來打我啊，廢物～！你除了杵在那裡之外什麼都不會嗎？笨蛋～！來啊來啊，有膽就來打我啊～！反正你怎麼打都沒有用啦！嘻嘻，呆子！」

姜德在我旁邊握緊了拳頭。

「總、總覺得很火大……！」

「真的很煩！有夠煩！我都忍不住想揍它了……！」

在那之後，炸彈石或是不斷出言挑釁，或是在殺人機器的四周跳舞般的滾來滾去，惹得人愈來愈心煩。

我和姜德憤怒得咬牙切齒，結果就在這個時候——

「我……不……到……」

我好像聽到了什麼聲音，而且不是炸彈石那個破鑼嗓子。

下一秒——

「我做不到！」

洞窟裡響起一陣有如少女般的尖銳聲音！

——不、不會吧……？不對，錯不了！這個聲音，是那台殺人機器發出來的……！

「哦？原來有會說話的型號啊？」

聖哉打了個響指，煩死人的炸彈石就沉入地底消失了。

狹窄的洞窟裡面只剩下一台殺人機器，聖哉把用來當做麥克風的土蛇舉到嘴邊。

「喂，妳。」

對面的洞窟裡似乎響起了聖哉的聲音，於是殺人機器一邊小心翼翼地打量著四周，一邊說出了人類的語言。

「您……您好。」

真的是個年輕的女孩子的聲音。

「妳為什麼不攻擊炸彈石？」

「因、因為……攻擊那個石頭它就會爆炸……而且我本來就沒辦法攻擊別人……」

殺人機器自己開始說了下去。

「我……一直以來都被命令要去『殺人』，可是殺生太可怕了，我根本做不到……」

——真、真的很溫柔耶……！好奇怪的魔導兵器喔……！

她的外觀看起來跟其他殺人機器沒兩樣，但是聽到那天真無邪的聲音之後，我不禁開始覺得她很可愛了。

可是聖哉對於這些事情似乎一點興趣都沒有，只是直截了當地問了他想問的事情。

「像妳一樣會說話的型號大概有多少？」

「沒、沒有。除了爸爸以外大概就沒有了……」

「爸爸？」

「啊！就是機皇歐克賽利歐。我想除了爸爸以外的機械大概都不會說話……那、那我為什麼會說話呀？」

「誰知道。」

「……對不起。」

殺人機器垂頭喪氣，不過又馬上抬起頭來，發出雀躍的聲音說：

「可是我！現在很高興能和您說話！因為以前不管我怎麼跟我以外的殺人機器們搭話，大家都只會回我『嘰嘰嘰』或『嘎嘰嘎嘰』！所以，真的真的很謝謝您願意像這個樣子跟我交談！」

「閉嘴。告訴我更多有關機皇歐克賽利歐的詳情。」

「是、是。對不起，我很抱歉……」

——好、好冷淡喔！我都搞不懂到底誰才是機械了！

「爸爸的長相呢，呃，有四隻手，也有四隻腳，還有就是，那個……」

在那之後，聖哉繼續問了殺人機器許多問題，但是好像沒有獲得什麼有用的情報，於是他用一臉冷淡的表情說：

「夠了，我的問題就這些。」

「……對不起，沒有幫上什麼忙。」

聖哉把麥克風從嘴邊拿開。

我望著獨自被留在狹小洞窟裡的殺人機器，而她突然看到死亡蚯蚓從地底探出頭來——

「呀啊！」

於是驚慌地發出了尖叫。那個樣子太可愛，讓我忍不住笑了出來。

只不過，聖哉卻用極為冰冷的眼神看向那台殺人機器。

「那傢伙太可疑了，會不會是機皇歐克賽利歐安排的刺客？」

「刺、刺客？她嗎？」

「對，說不定它是故意裝出一副呆頭呆腦的樣子，準備伺機偷襲我們。」

「可是，要不是我偶然注意到她的話，她早就被炸彈石破壞了，根本談不上什麼伺機偷襲吧？」

「……唔。」

聖哉思考了一會兒，卻還是說：

「無論是或不是，還是斬草除根以絕後患為上。把它解體吧。」

「咦咦！怎麼可以這樣！」

我搖了搖姜德的肩膀。

「喂，姜德！你說句話呀！」

「不，我也沒有異議，畢竟那傢伙是魔王打造出來的怪物。」

「就算出自魔王之手，裡面說不定還是會有善良的怪物啊！」

「是嗎？一路以來，我在塔瑪因看過許許多多的獸人，裡面連一隻像樣一點的傢伙都沒有。」

「什麼嘛！姜德你自己就不是『邪惡的怪物』啊！」

「？我本來就不是怪物啊！」

我指著憤怒的姜德大聲說：

「聖哉！反正你不准破壞她！要是你無論如何都放心不下的話，那就像姜德一樣，把一大堆土蛇纏在她身上就好了！」

「為什麼要拿我來舉例啊！」

「姜德也是隨時可能喪失理智的不死者吧！真要說起來，那台殺人機器反而還比較安全呢！你看！姜德現在就一副失去理智的樣子！」

「誰失去理智了！混帳，這個女神好讓人火大！」

就在我們吵成一團的時候——

「吵死了。我知道了，稍微安靜點。」

聖哉深深地嘆了一口氣。

「……總而言之，我會用土蛇纏著它，然後把它關在這裡。」

見我鬆了一口氣，聖哉用嚴厲的眼神看了過來。

「這充其量只是為了保存珍貴的樣本，要是它有任何一丁點可疑的舉動，我就馬上解體它。」

「……嗯、嗯。」

在聖哉的指示下，隔離殺人機器的洞窟裡出現了許多條土蛇。

一看到那些土蛇——

「不要——————！」

殺人機器就發出慘叫。然而土蛇們無視殺人機器的驚叫，依舊纏上了她的脖子與手腳。

「有、有蛇纏住我的身體了！救、救、救命啊啊啊啊啊啊！」

殺人機器十分可憐地滿地打滾，聖哉卻繼續下達新的指令。

「以防萬一，發射邪惡射線的洞也用土蛇堵住吧。」

土蛇爬到了殺人機器臉上，殺人機器哭叫著幾欲昏厥。

「太、太可憐了……！」

我忍不住把土蛇麥克風從聖哉手上搶過來。

「吶，妳聽得見嗎？沒事的！只要妳乖乖的，那些蛇就不會傷害妳！」

「真、真、真的嗎……？我、我可以相信妳嗎……？」

聖哉用死魚眼看著我們兩個。

「喂，莉絲姐，該走了。我們沒有多餘的時間可以耗費在這種東西上面。瓦解了機皇兵團的第一波攻勢之後，塔瑪因回歸人類手中的情勢已經明朗化，對方應該會在第二波攻勢中拿出真正的戰力來，我們得做好更萬全的準備來加以因應。」

「虧、虧你有臉說這種話……！你自己明明就花了那麼多的時間在慢條斯理地做分析！」

「分析在戰略上是必要且重要的事情，而妳只是在玩而已吧？」

「我才不是在玩——」

姜德從旁插口了我們的對話。

「所以呢？所謂萬全的準備是要準備什麼？你到底打算怎麼做？」

「我打算針對來自空中的攻擊進行重點式的防衛。」

……聖哉好像一直在警戒空戰型的魔導兵器，可是那種東西真的存在嗎？我試著詢問了殺人機器。

「吶，有沒有會在天空飛的殺人機器呀？」

「我、我沒有看過耶……」

「莉絲妲，光用問的也沒用，那傢伙並不曉得什麼重要的情報，而且從它口中說出來的話也未必屬實。」

「聖哉你剛才明明也在問她話吧！」

「它的話我當然只信不到一半。無論如何，我們都必須因應來自空中的攻擊，要是能夠頂住來自空中的攻擊，五道鐵壁就沒有死角了。」

「那、那個……」

此時，殺人機器冷不防地開口說話了。聖哉的表情裡流露出一點興趣，拿起麥克風對她說：

「怎麼了？想到什麼了嗎？」

「沒有……不是的……嗚嗚……！只是這些土蛇……真的好可怕……嚶嚶……！」

聖哉狠狠地皺起了眉頭。

「很好，我給妳一個建議，就是『閉嘴』，就這樣。」

「嗚嗚……！哇啊、嚶嚶嚶……！」

「！不不不，你會不會太過分了？」

我拿起麥克風對哭哭啼啼的殺人機器說：

「冷靜點！沒事的，妳不要哭！」

我安慰著她，然後突然發現聖哉正踩著不知道什麼時候出現在洞窟裡的階梯往上走，準備回到地面去。

「繼續待在這裡已經沒有意義了。」

姜德也跟在聖哉身後，我也想跟上去，卻在殺人機器的啜泣聲中停下了腳步。

「聖哉……那個，我可以再稍微留在這裡一會兒嗎？我想陪她說說話，直到她平靜下來為止……」

「太蠢了，隨便妳。」

聖哉丟下這句話準備走人，但是又一臉嚴厲地回過頭來說：

「不准開門進那個傢伙的洞窟，知道嗎？」

「我知道啦！真是的，我絕對不會重蹈葛蘭多雷翁那時候的覆轍了！我、我是說真的！」

「這次要是再出什麼事，我是百分之一百二十絕對鐵定死也不會救妳的。」

「沒必要把話說得那麼絕吧！」

聖哉與姜德就這麼走了……只留下我跟溫柔的殺人機器在洞窟裡面。

第三十一章　對話

殺人機器的啜泣聲透過高音質立體環繞音響傳進我的耳朵裡。

我拿著土蛇麥克風對隔離著殺人機器的洞窟說話。

「喂～妳聽得見嗎？」

「嗚嗚、嚶嚶……啊、聽、聽得見！」

「我是莉絲姐黛，妳可以叫我莉絲姐。妳有名字嗎？」

「沒有，我沒有名字。」

「這樣啊，那……既然妳這麼像女孩子，那就叫妳『殺子』怎麼樣？『小殺』！這個名字不錯吧！」

話才一說完——

「嗚哇啊啊啊啊啊啊！」

洞窟裡響起了更響亮的哭聲。

「！對、對不起！這個名字不好！因為是殺人機器所以就叫殺子，我也覺得太隨便了！」

「嗚嗚……不是的……！我……我太高興……！」

「咦咦？」

「因為我沒想到居然會有人幫我取名字……！我好像在作夢一樣……！」

太、太好了！她好像很開心！

我再度告訴殺子，纏在她身體上的土蛇是無害的，請她放心。

「……那麼，我差不多該走了。」

「莉絲妲小姐，您要走了嗎？我會寂寞的……嗚嗚……」

她好像又要哭了！唔……該怎麼辦才好……

「小殺！妳等我一下喔！」

我離開洞窟，開啟通往神界花園的傳送門。

我在萬里無雲的晴空下，看見一位男神拿著澆水器幫花兒澆水的背影。

「那、那個，波洛斯大人，午安……」

在波洛斯大人被聖哉活埋兼踩了額頭之後，這是我第一次見到他。

「啊啊，是莉斯妲黛啊。」

波洛斯大人用粗獷的男音回應並且轉過頭來，看到他的臉，我大吃一驚。波洛斯大人雖然不像那個時候一樣全身是毛，但是卻放任臉上的鬍子亂長，頭髮也理成了平頭，怎麼看都是個中年大叔！

看到我目瞪口呆的模樣，波洛斯大人「哈哈哈」幾聲，快活地笑了。

「自從那件事發生之後，流言傳了出去，其他神祇也知道老子是個毛髮濃密的男神了。雖然這件事不是老子自己公開承認的，卻莫名有種海闊天空的感覺，所以老子已經不恨那個勇者了。」

「是、是這樣呀！太好了！」

「從日復一日的除毛作業中獲得解脫，老子很幸福。後來仔細想想，毛多也是老子的特色嘛！其實沒必要遮遮掩掩。」

「就是說呀！現在的波洛斯大人充滿野性，我覺得很棒！」

「哎呀，真的嗎！」

「真的！雖然完全不是我的菜！」

「喔、喔……妳講話還真直接呀……」

「話說回來，波洛斯大人，我今天來這裡是有點事想拜託您……」

我指著剛才看中的可愛粉紅色花朵說：

「請問可以把這些花給我嗎？」

「完全沒問題呀。老子把它裝進盆栽裡，這樣比較好拿。」

「謝謝您！」

「甭客氣，甭客氣。咱們住在同一個神界裡，互相幫助是應該的。」

從變成和善農家大叔的波洛斯大人手中收下花朵之後，我返回殺子所在的洞窟。

「……嗚嗚、嗚嗚……」

洞窟裡依舊傳來陣陣的啜泣聲。

「小殺？」

「啊啊！莉絲妲小姐！」

我把門連結到殺子所在的隔壁洞窟，下定決心之後，把門打開了一點點——

「嘿！」

然後俐落地把要來的盆栽丟進去，迅速關上門。

「那、那個，莉絲妲小姐，有一盆花力道生猛地飛過來了耶……？」

沒錯，想要在不穿過門的情況下安全地把花交給殺子，就只有這個辦法了。

我拿著麥克風對她說：

「小殺！那盆花送給妳！」

「送給我？」

「嗯！很漂亮吧？」

「是、是的！非常漂亮！而且……總覺得看著看著，心就平靜下來了。」

「那妳不可以再哭了喔。」

「好！我會加油！」

就在我放下土蛇麥克風準備離去的時候，殺子怯生生的聲音響起。

「莉絲姐小姐……您還會再來看我嗎？」

「嗯！好呀！」

我笑著回答殺子。

隔天。

看著塔瑪因城鎮裡到處都是的魔巨像，我問身旁的聖哉：

「一眼看過去，數量是不是比之前更多了？現在到底有多少隻魔巨像呀？」

我等了一會兒，卻沒有得到回應。

「……聖哉？」

雖然他向來沉默寡言又奉行祕密主義，但是今天的聖哉比平時更安靜了。我仔細一看，發現他的視線盯著一個點看，有種「心不在焉」的感覺，樣子顯然不太對勁。

「我說聖哉！」

我搖了搖他的肩膀，他卻還是一樣沒有反應。

「等等！你沒事吧？」

我開始擔心起來，於是繼續用力地搖他，結果——

『啪嘰！』

……一聲脆響，聖哉自肩膀以下，手臂整條掉了下來！

「呀啊啊啊啊啊！我、我把手臂拆下來了！對不起～～～～！」

我抱著手臂一個勁兒地道歉，結果從旁邊響起了聖哉的聲音。

「……妳在幹嘛？」

「啊啊！聖哉！你聽我說，我剛才搖了聖哉幾下，結果把聖哉的手臂拆下來了……咦咦——？」

我搞不清楚狀況，交互看著兩個聖哉，有手臂的那個聖哉用死魚眼看向我。

「那是我的影武者。我在運用土系魔法製作出來的人偶上面施加了變形術。」

「喔……什、什麼嘛，原來是這樣啊……是說，影武者？為什麼會需要這種東西啊！」

「雖然說我身在塔瑪因，但也無法就此放心，畢竟可能會有人想暗算我。」

「你是說，塔瑪因的人們會偷襲你？這、這……」

……怎麼可能。我大概無法這樣斷言。畢竟，因聖哉過去沒能拯救這個世界而心懷怨恨的人，我已經親眼看過好幾次了。

「最大的敵人說不定不是魔王軍，而是身邊的人。」

「你未免講得太誇張了吧……！」

就在這個時候，一名扛著行李，看似商人的男性，帶著笑容從聖哉的身後走了過來，手裡還拿著藥草。

聖哉注意到身後的動靜，以驚人的速度回頭，並且一把揪住男人的領口。

「噫！」

「喂，你是刺客吧？」

「才、才不是！我只是個商人！」

「是誰僱用你的？」

「不不不，沒人僱用我啦！我只是在看這藥草的品質怎麼樣而已——」

聖哉似乎完全不相信男人的解釋，在我也一起勸他之後，他才總算鬆開了那名男人。

「聽好了，下次不准再從我的背後靠近我。若有下一次……我就殺了你。」

「！你這個勇者是怎麼回事啊！」

我對著這個活像是殺手的勇者大吼，而那名商人則是自顧自地發出充滿悲壯感的尖叫逃走了。

耍了狠之後，聖哉毫不在意地邁步就走。

「等、等等，你要去哪裡？」

「瞭望塔。我本來就要去那裡，都是因為碰到妳才被耽擱了。」

「塔？你要去做什……啊……真是的！等等我啦！」

我追在聖哉身後前往瞭望塔，只見王妃與姜德佇立在塔頂上。

「你把我們叫到這種地方來，到底想做什麼？」

姜德一臉不解地問。看來他是事先被聖哉叫過來的。

然而，聖哉沒有回答他，而是一言不發地用雙手遮住天空。

「……鋼鐵圓頂(Iron Dome)。」

緊接著，將塔瑪因團團圍住的萬里鐵壁伴隨著地鳴聲朝天空伸長了！萬里鐵壁長高了一會兒之後，又開始變形往內側彎曲，像一張大傘一樣覆蓋住整個塔瑪因！

「什、什、什、什、什麼！」

就在我與姜德目瞪口呆的時候，從四面八方變高變長的牆壁在空中連結起來，完全遮蔽了陽光。

在一片黑暗之中，聖哉從胸前拿出魔光石說道：

「空襲時，牆壁會變形成罩子。雖然會消耗相當多的MP，但是這麼一來就可以完全防禦來自空中的攻擊了。」

「不要一聲不吭地就突然這麼做好不好！突然變得一片漆黑，民眾會恐慌的！」

「所以我才把你們叫到這裡來。你們現在就把這件事告訴塔瑪因的人民，讓他們在真的遇到空襲的時候不會陷入恐慌。」

緊接著，覆蓋天空的圓頂發出「轟隆隆隆隆」的聲音逐漸打開了。變高變長的牆壁漸漸縮短，恢復到原本的位置。

「危機解除之後，就會像這樣恢復原狀。」

「一、一般人……會為了不知道會不會發生的空襲做到這種地步嗎……？」

姜德錯愕地嘟噥，然而王妃卻是滿臉的笑意。

「哎呀，只要能讓塔瑪因的所有人平安過日子，做得太多總比做得不夠好呀，你說對不對？」

聖哉點頭同意王妃所說的話，然後邁開步伐，打開瞭望塔上房間的門。這是以前王妃被關押的房間，現在則是放著好幾個裝滿水的桶子。

「聖、聖哉，你這次又要做什麼？」

聖哉「啪！」的一聲打了個響指之後，桶子裡分別映照出不同的景象。

「嗚哇！這是？」

「我把我用土系魔法驅使，並且放到城鎮裡裡外外的土蛇所看到的景象投射在上面。這樣一來，就能用肉眼看見塔瑪因周遭各處所發生的事情。」

攝影機……這個世界的人大概聽不懂這個字眼，不過這簡直就是「監視攝影機」了吧。這下不只聖哉，就連我們也可以將機皇兵團的動靜一覽無遺了。

……防範空襲的圓頂鐵壁。

……架設在四周的複數監視攝影機。

塔瑪因儼然已經成為一座高科技配備的要塞了。

「莉絲妲，開門。接下來要去賈爾巴諾。」

「你要去賈爾巴諾做什麼？」

「我猜第二波敵軍可能很快就會來了，但是應該還有一點時間。既然如此，我就要善用這些時間，在賈爾巴諾架設起跟塔瑪因相同等級的設備。」

隔天。

聖哉精力旺盛地來回於塔瑪因與賈爾巴諾，強化著兩地的防衛。

姜德一開始還為了了解狀況而跟著他跑，最後好像也厭煩了，現在不再與聖哉同行，而是待在塔瑪因陪王妃。我也在開門讓聖哉移動到賈爾巴諾之後，就在塔瑪因自由自在地行動。因為我懂得察言觀色，覺得聖哉好像不喜歡我一直當他的小跟班。

閒暇的時間，我就陪王妃說說話，或是到殺子所在的洞窟去探望她。

「……呵呵，聖哉先生的故事好有趣！」

「聽起來很好笑，實際待在他身邊可是很累人的！」

我拿著土蛇麥克風對殺子講話，在我告訴她聖哉為了防範不知道會不會發生的空襲而打造了圓頂，還有在此之前的種種謹慎事蹟之後，殺子樂呵呵地笑了。

此時我突然發現不妥，於是問殺子：

「不過妳的心情其實很複雜吧？畢竟機皇歐克賽利歐是小殺妳的爸爸……」

「是、是的，如果父親大人能夠跟勇者大人好好地聊一聊，彼此和睦相處就好了，可是……」

這件事很明顯是不可能的。總覺得心情變得有點沉重，於是我換了個話題。

「是說，那盆花怎麼樣了？」

「那個……說到這個，它好像不太有精神……」

殺子把盆栽捧在手上，面對著我所在的洞窟的牆壁把花拿給我看。花朵枯萎了，土壤乾巴巴的。

「啊啊！水！忘記澆水了！」

「水……？意思是營養不夠嗎？那我可以把我身體裡的機油滴進去嗎？」

「那樣百分之百會枯死啦！等一下！我現在就去拿水過來！」

我連忙從塔瑪因的水井中打了水，裝進水桶裡返回洞窟。

我開門進入殺子的洞窟，然後馬上把水倒進盆栽裡。乾巴巴的土壤轉眼間就吸收了水分。

「呼……！這下就可以暫時放心了！」

接著，我身後傳來殺子的聲音。

「莉絲妲……小姐……」

此時我才發現！我不小心跑進聖哉不准我進來的殺子的洞窟了！

——完、完、完蛋啦啊啊啊啊啊！聖哉千叮嚀萬交代，結果我還是一個衝動就跑進來啦啊啊啊啊啊啊啊！

「終於……可以這麼近地見到您了……莉絲妲……小……姐。」

「小、小殺？不會的……！妳不會的吧……？」

然而，殺子的聲音變得跟平時不一樣了。殺子朝我走來，機械手臂對著我伸了過來。

「不、不要啊！」

感覺到危險，我失聲尖叫。可是……殺子卻牽起我的手用力上下甩動，然後發出雀躍的聲音。

「我第一次見到莉絲妲小姐的模樣！我好感動！」

「咦……」

「您好完美！頭髮和臉蛋都非常美麗，我好嚮往！」

「是、是喔？」

太、太好了！她果然不是邪惡的怪物！

「……可是花兒好像還是沒有精神耶。」

被她這麼一說，我再仔細一看，發現澆過水的花還是萎靡不振。難道已經來不及了嗎？

「妳等一下，我試試看。」

我對著枯萎的花發動治癒能力，像治療受傷的人類一樣治癒花朵。

不久之後……奄奄一息的花挺直了背脊，直挺挺地站了起來。

「好了！總算是救活了！」

——可是，我居然要這麼拚命，才能救回一盆枯萎的花。這件事要是被聖哉知道了，我大概又要被鄙視了吧……

我在心中自嘲，但是殺子卻興奮得手舞足蹈。

「您好厲害！這是奇蹟！」

「哎、哎呀，我好歹也是女神嘛！」

「女神大人都很厲害對不對！真的好厲害！太厲害了！」

獲得久違的盛讚，我的心情飄飄然，幾欲升天。

「對！就是呀！我比聖哉偉大多了！」

「我好尊敬您！莉絲妲小姐！」

啊啊……感覺怎麼會這麼棒！是呀，我是喚醒奇蹟的美麗女神呀！

就在我找回身為女神的威嚴時——

『嘶嘶嘶嘶嘶嘶！』

被我放入胸前的土蛇叫了。

「莉、莉絲妲小姐?那是什麼?」

「喔,這是土蛇電話。小殺,妳暫時保持安靜。」

我把土蛇的尾巴放到耳邊,土蛇的頭部湊近嘴邊。

「喂喂喂?聖哉?你現在在賈爾巴諾?要回塔瑪因嗎?」

然後,我聽見從土蛇傳來的低沉聲音。

『……妳開門跑進殺人機器所在的洞窟裡面了,對不對?』

「!咦咦咦咦!你怎麼會知道?」

『我早就看穿妳的所有行動了。』

聖哉開始訓話,而我只好當場頻頻鞠躬道歉。

「真的很抱歉……可是那個,我沒有被攻擊,所以……啊……是的……問題不在這裡……對不起……您說的沒錯……是的……我今後會銘記在心……不對,不會有下次了……是……是的……對不起……我以前也這麼說過……是的……對不起……是的……不好意思……好的……」

掛斷土蛇電話之後──

「莉、莉絲妲小姐……您還好嗎?」

我雖然努力對殺子豎起了大拇指,但是手指在發抖,臉在抽搐,女神的威嚴蕩然無存。

第三十二章　困境

「……勇者好恐怖喔。」

我點頭同意發著抖這麼說的殺子。

「哎呀，其實勇者本來大多都是充滿慈愛的人，只是那個勇者比較特別，或者該說是異常嗎……」

就在這個時候，土蛇電話又響了。

「莉絲姐小姐！電話又來了！」

「噫！我說他壞話被聽見了嗎？慘了！胸部要被捏扁了！」

「！勇者居然會做這種事情嗎？」

『嘶嘶嘶嘶嘶嘶！』

土蛇電話響個不停，我只好下定決心接起電話。

「那個，事情不是這樣的……我說的異常當然是指好的方面的異常，真要說起來是一種Special的感覺……」

『妳在胡言亂語什麼？不說廢話了，我放在塔瑪因外面的偵查土蛇發現了機皇兵團。』

「咦咦！第、第二波攻勢已經來了嗎？」

『沒錯。現在馬上到瞭望塔來，帶著那台殺人機器一起過來。』

「要把小殺帶過去？……喂，聖哉？喂喂喂～？」

殺子愣愣地看著被單方面掛掉土蛇電話的我。

「那個，我……可以出去嗎？」

「嗯、嗯，好像可以。可是被塔瑪因的民眾知道了會引起騷動，所以妳不可以離開我的身邊喔！」

雖然不曉得聖哉的意圖，但我還是帶著殺子前往塔瑪因的瞭望塔。

「……殺、殺人機器！」

開門來到塔頂之後，護衛的士兵們看到殺子，馬上擺出防衛的姿勢。

聖哉在我開口之前便率先告訴士兵們：

「不用擔心，那傢伙身上跟姜德一樣纏著土蛇，行動跟姜德一樣受到了限制，還可以像姜德一樣隨時讓它再也爬不起來。」

聽到聖哉這麼說，士兵們一致露出了放心的表情……除了姜德以外。

「你這傢伙幹嘛一直強調跟我一樣啊！」

他怒吼之後瞪向殺子。

「還有，怎麼把那台殺人機器帶到這裡來了？」

「這傢伙是『機質』，說不定可以用來交涉。」

聽到這句話，我大吃一驚。

「『機質』？你是說人質嗎？聖哉！你之所以沒有破壞小殺，該不會就是為了這個吧！」

「這個嘛，對手是魔導兵器，我本來就不認為它會回應這邊的交涉，而且也不打算跟它交涉，但是手牌還是越多越好。」

嗯嗯嗯？不打算進行交涉，卻還是要把殺子當人質以防萬一？我、我不懂他在想什麼……！

由於想也想不通，所以我決定不深究了。

聖哉移動到塔內的監控室，用土蛇攝影機窺視機皇兵團的情況。

「很好，差不多該啟動鋼鐵圓頂了。」

雖然水桶螢幕上映照出來的殺人機器集團距離塔瑪因還很遠，不過聖哉還是將牆壁變形成圓頂狀態，然後又為了防備來自空中的攻擊，調整好幾個螢幕往上看。

「北邊大約一萬台吧。」

唔唔……！這是什麼驚人的數量……！

我跟聖哉一起一言不發地看著監視攝影機拍到的殺人機器群，看了一會兒之後，我突然發現了一件事。

「吶，聖哉，它們……沒有飛起來耶……」

「嗯，沒有飛起來。」

「所以果然沒有什麼空戰型嘛！弄個圓頂出來根本沒意義！」

聖哉泰然自若地無視了姜德的大吼。

「重點是，殺人機器與魔巨像的戰鬥感覺很快就會在北邊的草原展開了。」

我看向螢幕所顯示的影像，看見上面映照出來的殺人機器多到整個畫面都塞不下，但是我們這邊迎戰的魔巨像數量也不輸給對方。

「你到底派了多少隻魔巨像去戰鬥啊？」

「派往北方的魔巨像大約八千隻，數量上多少處於劣勢，但是不成問題。」

聖哉所言不假，因為魔巨像只要輕輕一揮手臂，殺人機器們就會被掃飛出去。雖然這只是我的感覺，不過我覺得一隻魔巨像的能力似乎可以抵得上三台殺人機器。魔巨像有壓倒性的力量，殺人機器們別說是要跨越第五道牆壁了，就連接近都沒有辦法。

一時之間，我們都在盯著北邊的影像看，但是不久之後，聖哉便把視線從螢幕上挪開了。

「大概再一小時之後就能瓦解第二波攻勢了。」

……正當姜德與我因為聖哉勝券在握的發言而喜不自勝的時候。

『嘶嘶嘶嘶！』

頻率有別於土蛇電話的尖銳土蛇聲自聖哉的胸前傳來。

「你說什麼……！」

素來冷靜的聖哉臉色大變。

「聖、聖哉？剛才那是？」

「是警報土蛇，只要有敵人接近了第一道牆就會發出警報……」

「咦咦！第一道牆不就是守護塔瑪因的最後一道壁壘嗎？是不是有哪裡搞錯了！」

姜德也露出著急的表情迅速看向螢幕，我跟他一樣，轉頭去確認西方和東方的攝影機，之前一直在監視的北方城牆周遭當然也沒放過，可是牆壁附近卻只拍到魔巨像守衛威武佇立的景象。

「……是南方嗎？」

在聖哉的自言自語下，我們又將視線轉向南方的監控螢幕，可是這邊也跟其他地方一樣，沒有任何變化。

「守衛南邊的魔巨像沒被幹掉！甚至連殺人機器的影子都沒看到！可是為什麼警報會響？」

聖哉從牙縫裡擠出聲音說：

「那些傢伙恐怕是一邊擊碎地下的岩層，一邊從下方通過了第五道至第二道的城牆……」

「居然不是從空中，而是從地下！意思是我們被對方鑽了漏洞嗎？」

「敵人從地底下挖洞入侵的可能性我當然也有考慮到，所以我也有把萬里鐵壁往地下延伸了。地表上肉眼可見的部分有五十公尺，地底下看不見的部分也有五十公尺，實際上是總高度一百公尺的牆壁。」

「然、然而那些傢伙卻鑽到比地下五十公尺更深的地方，並且從那裡入侵了嗎？」

聖哉發出咬牙切齒的聲音。

「雖然我為了以防萬一，將最後面的第一道牆延伸至地下一百公尺，是其他牆的兩倍高度，但是……」

聖哉狠狠瞪著架設在南方，拍下第一道壁壘與第二道壁壘之間情況的螢幕。

不久之後，看到殺人機器像鼴鼠一樣挖開土壤出現在地面上，我與姜德都倒抽了一口氣。

閃耀藍色光澤的金屬身軀、鑽頭形狀的雙臂——那是新型的殺人機器。

「……糟了，這下糟糕了。」

聖哉開始在附近忙碌地大步走動，姜德則是為了讓自己安心似的碎碎唸道：

「可、可是，那些傢伙的入侵也就到此為止了！畢竟敵人無法越過深達地底一百公尺的第一道壁壘！所以它們才會死了心爬到地面上來！」

「就、就是說呀！沒事的！」

我贊成姜德的看法，但是聖哉卻忿忿地說：

「不行，它們能夠擊碎塔瑪因堅固的地層，抵達深度五十公尺的地方，代表……」

他看向第一道壁壘附近的監視攝影機，只見上百台出現在地面的新型殺人機器舉起手臂上的鑽頭，戳向了第一道牆壁！牆壁漸漸被挖開，碎屑四散！

「除了爬到地面上來，企圖從正面突破的這支部隊之外，現在恐怕還有另一支部隊正在鑽開地下的岩層，準備從百尺城牆的下方穿過來吧。」

「從正面和地下同時逼近嗎……！」

姜德忍無可忍地走近聖哉。

「這跟說好的不一樣啊！你不是說：『只要能夠頂住來自空中的攻擊就萬無一失』嗎？」

姜德的一句話，讓聖哉的眼神變得尖銳起來。

「……閉嘴！」

聖哉罕見地流露出憤怒的情緒，顯然很焦躁。

「聖、聖哉……！」

他注意到我的視線，於是深深地吐出一口氣，努力重拾平靜說：

「事情變成這樣，那也沒有辦法了。」

然後聖哉打了個響指，劇烈的地鳴聲撼動我們的身體，蓋住塔瑪因天空的圓頂漸漸收縮，消失不見。

「你、你做了什麼？」

「我撤掉了圍繞塔瑪因的第五道至第二道牆壁，然後把我所有的魔力全部灌注在作為最後一道壁壘的第一道城牆上面——將牆壁的厚度與深度延伸了五倍。雖然我想再加厚加深一點，但是不同於往空中延伸，在土壤硬實的地底下，這樣已經是極限了。」

就這樣，守護塔瑪因的五道壁壘最後只剩下一道，這對聖哉來說想必是個出乎他意料的痛苦選擇。但是，厚度增加五倍的牆壁似乎可以防止敵人用鑽頭從正面突破，也能防止地底下的入侵，總算是讓殺人機器們的攻勢趨緩了下來。

就在我們姑且鬆了一口氣的時候——

「喂，站住！此處禁止進入！勇者大人現在正在忙！」

我聽見瞭望塔的樓梯附近傳來士兵們吵吵嚷嚷的騷動聲。

「這、這次又是什麼事啦！」

就在我好奇地走向聲音的來源的時候——

「我有一件事情無論如何都要稟告勇者大人！」

一名魁武的戰士在瞭望塔的護衛兵的包圍之下高聲大喊。我仔細一看，發現他是前幾天想追隨聖哉，卻被聖哉用一句「去種田」一腳踢開的戰士。

「怎麼回事？」

戰士看到我，語氣稍微和緩了一點。

「我按照勇者大人的指示種田，可是卻發現了一件事情。」

姜德、殺子與聖哉也在我不知不覺間走了過來，聆聽戰士說話。

「昨天下了一陣短暫的小雨，當時位於塔瑪因的魔巨像全都蹲坐下來不動了。這件事情不只有我，還有很多塔瑪因的居民也看到了。」

聖哉皺起了眉頭。

「難道你想說『魔巨像會怕水』嗎？愚蠢，我已經確認過了，魔巨像具備水系抗性。」

然而，戰士卻篤定地說：

「不，錯不了！魔巨像淋了雨水之後，行動就變遲緩了！」

「你說……雨水……？」

聖哉用惡狠狠地眼神看向我。

「『只對直接從天空降下來的雨水沒有抗性』……莉絲妲，怪物會有這種特性嗎？」

「確、確實無法說是不可能！畢竟剛剛降下來的雨水跟井水或經過過濾的水不一樣，裡面蘊含著豐富的自然之力！就算是平時具備水系抗性的魔巨像，說不定也有可能會……！」

所謂禍不單行。我抬頭一看，看見天空一片烏雲密布，感覺隨時都會下起雨來。

——要、要是……現在開始下起雨來的話……！

「磅！」的一聲巨響冷不防地響起，我和殺子嚇得身體一抖。原來是聖哉用力地踹了放在旁邊的桌子一腳。

發洩過情緒之後，聖哉返回監視攝影機所在的房間，這次他彷彿變了一個人似的，開始焦躁地看起了攝影機。他咬著指甲，視線劇烈地動來動去，我覺得我好像是第一次看到這個樣子的聖哉。

姜德沉默了一會兒，「嘖！」地咂嘴，轉身離開房間對士兵們下達指令。

「各單位就戰鬥位置！加強王宮的守衛！」

「姜、姜德？」

此時，姜德恢復了他原有的將軍神態。

「我似乎太高估他了，我原本以為他的深謀遠慮是『源自於強悍的謹慎』，結果實際上卻正好相反，他的強悍其實是『建立在謹慎之上的強大』。意思就是說，當他仰賴的謹慎崩毀的時候，他的精神也會輕而易舉地跟著崩潰……」

姜德離開之後，我遠遠地望著聖哉的背影。

——聖哉……！

……自從來到伊克斯佛利亞之後，我們的苦戰接連不斷。先是能力值凌駕於魔王之上的獸皇葛蘭多雷翁，然後又得迎戰這次的敵人。我們被機皇歐克賽利歐鑽了漏洞，塔瑪因快要被殺人機器入侵了。

聖哉已經十足小心謹慎，盡量事先做好了因應所有狀況的準備，但是他畢竟沒有預知能力，以一個人類的力量，想要摸索出包含宇宙萬物與突發事態在內的所有可能性，還是有其極限的。

無論他再怎麼「謹慎到超乎想像」，這或許就是龍宮院聖哉的極限吧。

第三十三章　陷入絕境

「聖哉先生他……不要緊吧？」

監控室外面，殺子用擔心的語氣對我這麼說。

「嗯，不要緊的！雖然噩耗接二連三地傳來，好像讓他有點慌了手腳，可是他會想出突破困境的辦法的！因為聖哉的精神很頑強呀！」

「原來是這樣呀！那我就放心了！」

雖然我對殺子這麼說，但內心卻是憂心忡忡，我從沒見過聖哉這麼驚慌失措的模樣。當然了，他的心情我能感同身受，因為殺人機器們現在正在破壞南方的城牆，同時還在地底下挖洞前進……

「小殺妳還好嗎？看到殺人機器被魔巨像破壞，妳不會難受嗎？」

「是、是的，確實會難受。可是我也不想看到人類被攻擊……」

溫柔的殺人機器這麼說完之後垂下了腦袋。我不知道該對殺子說什麼才好，只能一言不發地陷入沉默。

在那之後，聖哉把原本集中在北方壁壘的半數魔巨像派往南方，但是那似乎不是個好辦法。殺人機器撲向轉身撤退的魔巨像，讓魔巨像陷入了劣勢。除此之外，守衛南方壁壘的魔巨像們也被從地底下冒出來的新型鑽頭殺人機器逼入絕境。新型的性能比一般的殺人機器更高，每一台的能力都跟魔巨像差不多。

……我覺得現在讓聖哉一個人靜一靜或許會比較好，可是不曉得敵人何時會攻進來的狀態，讓我實在放心不下。

於是我下定決心，帶著殺子一起進入聖哉所在的監控室。

「怎麼樣？想出什麼對策了嗎？」

聖哉看著水桶螢幕，頭也不回地低聲說：

「考慮到壁壘有可能被破壞，或是敵人可能潛入了壁壘下方，我接下來打算把位於塔瑪因的所有魔巨像統統移動到城牆附近。」

「所有的意思是指，連守衛城鎮或王宮的魔巨像也是嗎？」

「沒錯，雖然守備會變弱，但是這是保護塔瑪因居民的唯一辦法了。」

「可是……從地底下進攻的新型殺人機器，不一定會在越過牆壁之後馬上爬到地面上來吧？它們也可能會鑽到王宮附近再爬上來……」

聖哉用震驚的表情看著我，然後連連點頭。

「這樣啊。不對，是啊，沒錯，妳說的沒錯，我再想想其他的辦法。」

然後，他將視線轉回螢幕上，抖著腿並咬著指甲。

——聖哉居然會需要由我來提醒他……！

他的精神想必已經被逼到極限了，我不禁悲從中來，離開了監控室。

距離機皇兵團越過壁壘，應該還有一點時間吧。不……會有時間的，而我只能祈禱聖哉能夠在這段期間內恢復冷靜。

看似走投無路，卻不全然只有壞消息。從塔上抬頭望向天空的殺子發出了開朗的聲音。

「莉絲姐小姐！天氣好像放晴了！」

我向上看，只見原本籠罩塔瑪因的大片陰暗天空開始放晴了。看來可以暫時避免魔巨像被削弱了。

在那之後，平安無事地過了幾個小時。雖然不清楚南方地底下的情況，但是我們從土蛇拍到的影像可以清楚得知，對於新型殺人機器而言，要正面突破加厚的城牆相當困難。除此之外，北方的魔巨像雖然一時陷入了劣勢，但是它們的實力還是凌駕於普通的殺人機器，後來又漸漸地重振了情勢。

我以為局勢開始漸漸地好轉了，但是——

「……敵人的舉動不太對勁。」

姜德卻狐疑地這麼說。對塔瑪因的士兵們下達完指令之後，姜德又返回瞭望塔來，從高處觀察敵軍的動向。

「哪裡不對勁了？」

「它們明明沒有敗北，北方的殺人機器和南方的新型機器卻都開始放緩攻勢了……」

很快就應驗了姜德的不安。

我從塔上遠遠望見揚起的煙塵，然後聽見地鳴似的聲音傳進耳裡。

「怎、怎麼了？」

我跟姜德一起凝神看向遠方的煙塵。

「不會吧……！那是……！」

視力遠比人類更好的我，看見殺人機器大軍有如海嘯般往塔瑪因湧來，而且……

「從、從四面八方過來了！」

聽到士兵這麼說，我往四周環顧了一圈，發現煙塵簡直是從三百六十度逼近——包圍了整個塔瑪因，彷彿一隻巨大的生物準備將塔瑪因一口吞掉。隨著敵軍的進攻，地鳴聲逐漸變成規律的機械音，殺人機器的身影也開始一台一台地映入眼簾，其中大多是一般的殺人機器，但是也有新型機器在內。而且，最令人驚愕的是它們的數量。

姜德抬手擦去冷汗。

「一萬……不對，有更多……！原來它們是在等這支援軍！」

「那麼多的殺人機器，我們根本沒辦法應對啊！」

「不對！如果把塔瑪因裡的所有魔巨像集結起來應戰的話，數量就不相上下了！這麼做多少有點危險，但也別無選擇了！我們必須在太陽還沒下山前分出勝負！」

「說、說得也……是……」

姜德的想法跟剛才的聖哉一樣，而我如今已經無法反對這個想法了，因為事態就是如此迫在眉睫。

與大軍會合了的殺人機器們將守衛著牆外的魔巨像團團包圍，彼此對峙。戰況一觸即發，但是殺人機器卻不採取行動。

「它、它們這次又是在等什麼……？」

就在這個時候，我的耳邊突然響起一聲打雷般的巨響。

我抬頭看向傳來聲音的天空，然後一陣顫慄。

因為塔瑪因的上空出現了好幾個幾何圖形的花紋！

「魔法陣……！該不會……！」

不祥的預感成真了。魔法陣發出光芒之後，原本晴朗的天空開始布滿烏雲。同時，宛如暴風雨般的傾盆大雨在塔瑪因落了下來！

驟雨打在身上，魔巨像的動作明顯出現了變化。在牆外戰鬥的魔巨像動作變得遲緩，被吞沒在大批的殺人機器之中，除此之外，我還看見牆內的魔巨像「咚」的一聲單膝跪了下來。

——為、為什麼？為什麼敵人會對魔巨像的弱點瞭若指掌？連我們都是剛剛才得知魔巨像的弱點是雨水！消息怎麼可能會從被城牆包圍的塔瑪因走漏出去？

我的思緒一片混亂，但是現在已經沒有時間讓我慢慢思考了。

殺人機器們一擁而上，撲向變得衰弱的魔巨像。行動變得遲緩的魔巨像接二連三地被打倒，化成了土塊。瓦解魔巨像的守備之後，殺人機器蜂擁到城牆前，然後由新型機器開始用鑽頭破壞壁壘。

姜德再也耐不住性子了，他轉過身，準備前往聖哉所在的監控室。

「姜德！你想做什麼！」

「現在就算派出塔瑪因的所有魔巨像也改變不了局勢了！既然如此，那我要帶著勇者去戰鬥！只能由我們自己上前線作戰了！」

「可、可是聖哉現在的狀態沒辦法打呀！」

「不行！就算用拖的，我也要把他拖過去！」

「你、你稍微冷靜一點啦！」

我與姜德爭執不休，結果連同殺子一起摔進了監控室裡。

……然後，在那個瞬間，我懷疑起自己的眼睛。

因為聖哉正翹著腳坐在椅子上，優雅地喝著紅茶。

姜德哆哆嗦嗦地發著抖說：

「你、你、你……在這裡悠悠哉哉地喝什麼紅茶啊──!」

「等一下，姜德!聖哉一定是為了讓頭腦冷靜下來──」

「喂，你在悠哉個什麼勁!現在的情況哪容得了你悠哉!快，做好準備!我們要去戰鬥!」

然而，聖哉卻望著裝了紅茶的杯子說:

「塔瑪因的紅茶真香，在我的世界，這味道應該比較接近大吉嶺紅茶吧。總而言之，好喝。」

他用無比沉著的語氣說完之後又啜飲了一口紅茶，姜德衝上去揪住了聖哉。

「你在喝紅茶發茶瘋嗎?魔巨像被敵人的計謀削弱了!現在的情勢刻不容緩啊!」

「……你好吵啊。」

說完之後，聖哉「啪!」的一聲把紅茶潑在姜德臉上。

「你、你這個混帳!你幹什麼!」

「你身上都是殭屍的臭味，這樣應該會稍微香一點，變成『大吉嶺殭屍』吧。」

「!你說誰是大吉嶺殭屍啊啊啊啊!我要宰了你這個白痴勇者!」

姜德憤怒得無以復加，但我看著勇者旁若無人的舉動，卻心想:

聖、聖哉他恢復正常了!不對，把這種狀態稱為正常實在有點那個，可是……總而言之，他恢復平時的模樣了!到底發生了什麼事情!

聖哉無視憤怒的姜德，看著其中一隻土蛇攝影機拍下的影像。影像中拍到一台異常的殺人機器，它的體型約有一般殺人機器的三倍大，有四隻手，還有四隻腳。看到這宛如用機械打造出來的像蜘蛛似的怪物——

「父親大人……！」

殺子喃喃喚道。

——那、那就是機皇歐克賽利歐……！主將親自出馬，代表第三波攻勢就是機皇兵團的所有戰力！它打算一決勝負了！

「這個螢幕的影像來自我架設在南方牆壁上的土蛇，雙方可以藉此通話，妳試試看。」

說完之後，聖哉把土蛇遞到殺子面前。殺子戰戰兢兢地接過土蛇，把土蛇當成麥克風對歐克賽利歐喊話。

「父、父親大人，您聽得見嗎？」

在一陣短暫的沉默之後——

「……妳是被人類抓走的殺人機器嗎？」

歐克賽利歐那不同於殺子，彷彿機械勉強用人類的語言在說話似的聲音在監控室裡響起。

「我不會回應拿妳來當籌碼的談判，就算妳被破壞，也還有無數個替代品。」

聽到它冷酷地放話，殺子的身體微微顫抖，卻還是努力擠出勇氣開口說：

「可、可以請您停止攻擊人類嗎？」

「妳在說什麼鬼話？我沒有中止作戰的理由。我軍現在處於壓倒性的優勢，我運用雜色髮的惡魔賜與的魔導器布出降雨魔法陣，成功地削弱了魔巨像。再過不久，就有可能進一步地將四面的壁壘摧毀殆盡，地下部隊已經抵達深度兩百五十公尺的地底，準備潛入牆壁之下，沒有人可以撼動我軍的勝利。」

「所以我才希望您能夠停止攻擊啊，父親大人！我討厭殺人機器被破壞，也討厭人類遭受攻擊！」

「殺人是我們的使命。」

「父親大人……！」

歐克賽利歐不接受殺子的央求，而姜德則是指著眾多影像中的其中一個說道：

「快看！那傢伙說的是真的！南方的壁壘快要崩塌了！」

牆壁真的被鑽頭鑽出了裂痕，按照歐克賽利歐的說法，包圍塔瑪因四面八方的壁壘如今已都是這樣的狀態。

即使如此，聖哉依舊冷靜地說：

「不用擔心，我現在就補強壁壘。」

歐克賽利歐似乎也聽到了聖哉的發言。

「如果只是一部分的損壞，你或許可以修復吧。但是你的魔力應該已經見底了，我推測你無法應付好幾個地方同時的損壞。」

嗚唔！它連這種事情都看穿了！怎、怎麼辦，聖哉？

然而，聖哉卻打了個響指，若無其事地說：

「鐵壁再生（Repair Iron Wall）……」

話一說完，我的腳下就伴隨著劇烈的地動聲開始震動了起來！

「聖哉！你讓南方那邊那個快要垮掉的地方再生了嗎？」

「不，不只南方。我把所有方位的牆全部修復了。」

「是、是這樣喔？原來你的魔力還勉強夠用啊！」

「然後在修復的同時，我把牆壁的厚度增加為二十倍，深度增加為兩千公尺。」

「……什麼？」

我、我是不是聽錯了？

「那個……你剛才說什麼？可以再說一次嗎？」

「補強之後，牆壁的厚度是原本的二十倍，深度是兩千公尺。這下連一隻螞蟻也別想通過了。」

……我、姜德與殺子面面相覷，在一陣短暫的沉默之後——

「「「啥啊啊啊啊啊啊啊啊啊啊？」」」

我們發出大叫。

「你、你不是說，把厚度和深度增加到五倍就是極限了嗎？」

「而且如果你做得到的話，為什麼不早點這麼做啊！」

「請、請等一下！各位，你們快看！」

被殺子指著的幾隻牆外監控土蛇攝影機，捕捉到地面宛如冒泡般隆起的影像。

「是新的敵方援軍嗎？」

姜德面部扭曲，但是出現在那裡的並不是新型殺人機器。從土裡冒出來的是聖哉製造的魔巨像，體型是殺人機器的好幾倍。

姜德震驚地看著聖哉。

「牆外怎麼會有魔巨像！你究竟是什麼時候放的？」

「為了以防萬一，我事先把它們藏在塔瑪因周邊的地底。」

宛如從墳場裡爬出來的殭屍一樣，難以計數的魔巨像現身了！

「這是什麼數量……！到底有多少隻啊？」

「大約三萬隻。」

「！三萬隻！」

「實際上或許更多吧，我做太多，做到連自己都無法掌握正確的數量了。」

聖哉所言不假，影像中拍到了數量驚人的魔巨像。

「我要用這些魔巨像包圍那些目前包圍了塔瑪因的機皇兵團。」

就在聖哉低聲說出他的作戰計畫的時候，塔瑪因的天空又出現了魔法陣。

「不、不行啊！就算魔巨像的數量再多，還是會被雨水削弱啊！」

無情的大雨不斷打在從地底源源不斷冒出來的魔巨像身上！全身都沐浴在雨水中的魔巨像們——

「咦……？」

行動完全不見遲緩，直接朝著殺人機器群開揍！不對，它們像是解放了先前一直受到壓抑的力量一樣，用蠻力或是扔飛或是支解的，壓制了新型的殺人機器！

「這、這、這是怎麼回事？雨水不是它們的弱點嗎？」

聖哉用死魚眼看向驚呼的姜德。

「我製造的魔巨像沒有弱點。」

第三十四章　祕密武器

聖哉在監控室裡喝著紅茶，同時像在鑑賞繪畫似的眺望著土蛇攝影機拍下的影像。

「你、你把牆壁的厚度縮減到差點被敵人打破……還把魔巨像大軍藏進地底下，假裝雨水是它們的弱點……你做這些事情到底有什麼意義啊？」

這個勇者該不會是超級被虐狂，想體驗一下生死關頭的快感吧……我甚至在一瞬間產生了這種想法，但是姜德卻在我身旁一臉嚴肅地問：

「你該不會是……為了把敵方主將與所有戰力都引誘到塔瑪因來，所以才……？」

聽到他這句話，聖哉靜靜地點頭。

「沒錯，讓對方以為魔巨像有弱點尤其關鍵。這點成為了引信，誘使歐克賽利歐親自率軍進攻。」

咦咦！等一下！這樣很奇怪吧！

「那、那條消息為什麼會傳到敵人那裡去？塔瑪因已經被厚厚的牆壁包圍起來了耶！」

在那個瞬間，我說著說著，同時意識到了一個可怕的事實。

「難道說……塔瑪因裡有人通風報信？」

我顫抖著打量四周。如果事情當真是這個樣子，那究竟是誰，又是用什麼方式把消息洩漏給敵人的呢？

我突然與姜德對上了視線，只見他一臉信誓旦旦地把手抵在下巴上。

「如果有人通風報信的話，那犯人只有可能是這個傢伙了吧。」

被姜德指著的殺子身體一抖。

「我、我嗎？怎麼會……！」

我站到姜德與殺子中間，護著殺子說：

「你在胡說什麼！小殺才不會做這種事！你這隻殭屍不要只憑偏見和臆測說話好不好……對不對，聖哉！」

然而，聖哉搖了搖頭。

「不，這台殺人機器的感覺器官八成就跟我的土蛇一樣，跟歐克賽利歐是相通的。意思就是說，殺子是它的耳目。」

「怎、怎麼可能……！」

姜德一副「妳看吧」的模樣，對聖哉點了點頭。

「是說，你是什麼時候發現這件事的？」

「我在一開始發現這傢伙的時候，就考慮過這個可能性了。」

這下連我都不禁提高了嗓門大叫。

「一開始發現小殺的人可是我耶！要是我沒有發現的話，聖哉你早就把小殺破壞掉了！」

「不對，最早發現的人是我，然後我故意拖時間等妳發現它。畢竟在它具備共享感覺器官的情況下，如果是我第一個發現它，卻還放任它自由行動，敵人恐怕會看穿我的計謀，所以我假裝我們是偶然發現的。」

「你、你是說……！」

「那個時候，殺子是間諜這件事純粹只是我的推測。但是直到某一刻之後，就從推測變成了確信。」

「……某一刻？」

「就是我用圓頂蓋住整個塔瑪因的時候。我在分析殺人機器的時候，發現原始機型的足部建構了飛行用的系統。意即今後它們很有可能製造出空戰型，甚至是已經完成了。但是在我為了因應空戰型而將塔瑪因化為圓頂之後，敵人卻反其道而行，改由地底進攻。正是在那個時候，殺子竊聽的可能性變成了確信。」

我怎麼也不願意相信殺子就是那個通風報信的人，但是聖哉的話很有說服力，於是我目不轉睛地盯著殺子看。

「小殺……這是真的嗎……？」

「不、不是的！我、我並沒有打算做那種事——」

殺子拚命揮著手否認，但是我身旁的姜德已經拔出了劍。

「……老子砸爛妳！」

「噫！」

殺子尖叫著躲到我背後，膽小地瑟瑟發抖。我還是無法把殺子當成一個邪惡的怪物來看待。

「你不要這樣，姜德！」

「啥？妳為什麼要袒護敵人！」

就在我們爭執的時候——

『啪！』

紅茶再度從姜德的腦袋上面流了下來！姜德一臉凶神惡煞地瞪著聖哉！

「你這小子……幹嘛又潑我紅茶啊啊啊啊啊！」

「因為過了一段時間，你又開始飄出殭屍的臭味了。紅茶再多也不夠用，你以後可以自己裝一壺隨身攜帶嗎？」

「明明知道那些紅茶會被拿來往腦袋上潑，我為什麼還要自己帶啊！」

聖哉「唉……」地輕嘆了一口氣說：

「你稍微冷靜點，可以共享感覺器官的殺人機器不僅限於殺子一台。要是我和莉絲妲都沒有發現殺子的存在，那殺子的眼睛與耳朵便派不上用場，最後只會遭到破壞了事。意思就是說，我們最好認定歐克賽利歐不只可以跟殺子共享感覺器官，還能跟所有的殺人機器共享感覺器官。」

我用認真的表情看著殺子的臉。

「小殺，妳之前應該不曉得這件事情吧？」

「是的！我並沒有竊聽的打算！請相信我！」

即使如此，姜德還是舉劍指著殺子。

「不管怎麼說，還是把它砸壞了最好！」

「你幹嘛啦！人家已經說她沒有惡意了吧！你們都是怪物，就不能好好相處嗎？」

「不要把我歸類到怪物裡面啦啊啊啊……喂、啊！」

發現聖哉拿著倒入新紅茶的杯子蓄勢待潑，姜德才心不甘情不願地把劍收回劍鞘裡。

——呼～太好了，小殺不會被破壞了……咦？難道聖哉這是在袒護小殺嗎？

我不曉得實際情況究竟是如何，但是場面姑且平息下來了。聖哉自言自語似的低聲嘟囔道：

「話說回來，假裝因為作戰計畫進行得不順利而陷入消沉真是最困難的步驟了，畢竟我的人生中幾乎沒有過這樣的經驗。」

我、我一年到頭都在沮喪消沉耶……！原來他故意裝出大受打擊的樣子，也是為了透過殺子去欺騙歐克賽利歐呀！這個勇者實在太離譜了……！

不過，知道這一切全都是聖哉的策略之後，我的心情豁然開朗。在壁壘加厚加深之後，新型殺人機器侵入塔瑪因的可能性變成零，除此之外，包括位於南方的歐克賽利歐在內，將壁壘團團包圍的殺人機器，現在反過來被魔巨像給包圍了。危急的情勢驟然轉變為優勢。

然而，就在這個時候，對準歐克賽利歐的土蛇攝影機捕捉到了一陣聲音。

「異常狀況因應措施已確立……」

我聽見歐克賽利歐沒有抑揚頓挫的聲音。有某種東西持續發出劇烈的聲響，撼動著我的耳朵。

「這、這是什麼聲音？」

「從外面傳來的！」

我們跑出監控室之後，發現聲音變得更大了。我往聲音傳來的方向看過去，只見牆壁的另一邊——北方的天空染上了一片赤紅。

彷彿大片紅雲在飄浮一樣，然而……那不是紅雲。那片逐漸接近的紅雲，是敵方的殺人機器大軍。數百台鮮紅的金屬身軀與在地底鑽洞的藍色軀體的新型機器形成鮮明的對比，在空中列隊飛行！

「居然是空戰型！原來真的有空戰型！」

正如聖哉所料，看到足部噴射著火焰往塔瑪因接近的殺人機器，姜德這麼大叫。

——唔！敵人也非常謹慎！它讓空戰部隊在遠處待命！

聖哉就是為了因應這個時刻，才把塔瑪因罩上罩子的！可是在他進行過那麼龐大的壁壘補強之後，應該已經沒有殘餘的魔力可以把塔瑪因罩上罩子了！

然而，聖哉卻輕輕鬆鬆地打破了我的不安，若無其事地低聲說：

「鋼鐵圓頂。」

厚度增加的牆壁伴隨著地鳴聲往天空伸展，在空戰型還沒飛到塔瑪因上空之前就罩上了罩子。

在被圓頂遮蔽的昏暗視野中，我朝著聖哉大叫道：

「你、你的魔力還有剩這麼多嗎？」

「嗯，還有剩。順便一提，剛才補強壁壘使用了『10』點MP，現在把壁壘變成圓頂消耗了『5』點左右的MP。」

「！怎麼這麼節能環保？」

他施展的是超高水準的土系魔法，消耗的MP卻跟只把土壤變成岩石差不多。我正對他身為土系魔法使的驚人天賦感到佩服不已的時候，聖哉卻默默地往監控室移動，於是我們也連忙跟了上去。

進入監控室之後，聖哉打了個響指，只見土蛇螢幕上映照出來的塔瑪因四周的地面開始轟隆隆地隆起，地面上出現了某種眼熟的怪物。

「那、那是炸彈石！」

魔巨像們一把抓起從地底下冒出來的炸彈石，彷彿在投球一樣把炸彈石投向高空中！目標不用多說，自然是空戰型的殺人機器！

那想必擁有一定的強度吧。被魔巨像以驚人的臂力扔出去的炸彈石命中敵人之後，空戰型在空中發生了大爆炸！

魔巨像們投擲的炸彈石宛如火力強大的地面部隊同時開砲射擊，而且炸彈石跟之前比起來，恐怕已經經過了改良，爆炸威力驚人。只要有一發命中，飛翔在附近的殺人機器也會一起被捲入爆炸並且被炸飛。

僅僅幾分鐘，空中的殺人機器就幾乎被消滅殆盡了。然後，包含新型在內的地面殺人機器群，被超過三萬隻的魔巨像團團包圍，並且被逐一擊破。

在那之後，過了一會兒，炯炯有神地盯著土蛇螢幕的聖哉說：

「很好，空戰型收拾乾淨了，姑且把圓頂撤掉吧。」

圓頂逐漸收縮，恢復為原本壁壘的高度之後，我們走出監控室，從塔頂三百六十度地環顧四周。正如聖哉所言，現在已經看不到任何一台飛在空中的殺人機器了，而地面上的三萬多隻魔巨像正在殲滅殺人機器。

「事情按照計畫進行，讓人心情真好。」

聖哉在塔頂上喝著紅茶，如字面所述地作壁上觀。姜德則是戰慄地表示：

「居、居然一邊喝紅茶一邊打倒機皇兵團！這是勇者該有的戰鬥嗎？」

「有什麼關係！反正能打贏就好了嘛！」

我明快地回應姜德，姜德雖然嘴巴上埋怨，表情卻是開朗的。這是當然的呀，畢竟我們已經勝券在握了。

可是聖哉卻還是低聲喃喃說道：

「這個嘛，事情不會就這麼結束。」

「咦？什麼意思？」

就在那一剎那，塔內的士兵們發出叫聲。

「南、南方，出、出現了巨大的殺人機器！」

我轉頭去看，然後全身都僵住了！

「那是什麼東西……！」

與牆同高的殺人機器映入了我的眼簾！

「什麼時候出現了那麼巨大的怪物！」

看到無聲無息地出現的超巨大怪物，殺子驚愕不已。

「父、父親大人……！」

聽她這麼一說，我再仔細一看，那宛如機械蜘蛛般的輪廓確實就是歐克賽利歐！只不過，它的全長有五十公尺左右！

「小殺！歐克賽利歐會變大嗎？」

「我、我也完全不知道這件事！」

「糟糕！它打算破壞南方的壁壘！」

雖然壁壘的厚度與深度都增加了，但是當變大的歐克賽利歐一拳打在上面，整個塔瑪因像發生了地震似的天搖地動！

姜德忍受著劇烈的地震對聖哉大喊。

「現在要怎麼辦！你肯定沒想到會出現那種玩意兒吧！」

「不，機械會變大是理所當然的事，這當然在我的預料之內。」

「是、是嗎？」

「放心吧，我已經準備好用來對抗敵方巨大機器人的祕密武器了。」

接著，聖哉看向我。

「莉絲妲，開門。我們到歐克賽利歐附近去，用祕密武器給它最後一擊。」

「嗯、嗯！我知道了！」

我點著頭心想：

——一直龜縮在城牆裡的聖哉，居然要親自奔赴前線了……看來他對他的祕密武器相當有自信呢……！

我按照他的要求，在塔瑪因南方的牆壁外面開了門，然後我、聖哉、姜德與殺子一起走出了門外。

周遭到處都是殺人機器的殘骸，在幾十公尺之外，變大的歐克賽利歐正用拳頭擊打著壁壘，魔巨像們雖然試圖從它的腳下攻擊它，卻有如螞蟻般被一腳踩爛。

我望著變大的歐克賽利歐的背影，發動了能力透視。

巨型・歐克賽利歐

Lv：99（MAX）

HP：3487570　MP：42475

攻擊力：794525　防禦力：858965　速度：587544　魔力：857754

成長度：999（MAX）

耐受性：火、水、風、雷、冰、土、光、闇、毒、麻痺、詛咒、即死、睡眠、異常狀態

特殊技能：邪神的加護（Lv：MAX）　遠程器官（Lv：MAX）　變形（Lv：MAX）

特技：魂魄破壞射線（SD Laser）　完全引爆破壞（All Destruction）

性格：無情

——這、這是什麼驚人的體力！居然超過三百萬！其他的能力值也跟克羅諾亞大人之前給我們看過的阿爾特麥歐斯的數據差不多！

不只是能力值超標，親臨現場就近一看，我不禁被它的龐大震懾，就像看到一棟巨大的建築物在動一樣。

「普通的攻擊對那種玩意兒不管用的！你真的打得贏嗎……？」

「用不著擔心，我現在就拿出我的祕密武器。」

聖哉「砰！」的一聲單腳往地面上一踩，只見地鳴聲響起，在距離我們數十公尺遠的歐克賽利歐的身後，有一隻巨大的手臂從地面上冒了出來！

「那、那就是祕密武器……？」

驚愕過後，我露出滿臉笑容朝聖哉大聲說：

「我懂了，聖哉！我們也要拿出超巨大的魔巨像來對抗巨型歐克賽利歐——這就是你所說的祕密武器對不對！」

「有點不一樣。」

「……咦？」

不久之後，看到在地面上露出全貌的巨大物體，我立刻理解了聖哉那句話的意思。

……滿是土汙卻無比眼熟的白色洋裝。

……熟悉的金髮與每天早上都會看見的面孔。

那是體型超越巨型歐克賽利歐的「超巨大的我」。

聖哉站在啞口無言的我旁邊，一臉認真地說：

「那就是祕密武器──『大妲黛』。」

第三十五章　異常

距離我們所在地點數十公尺遠的塔瑪因南方壁壘附近，巨大到需要抬頭才能仰望的我與巨型歐克賽利歐彼此對峙。

「聖、聖哉……！大、大、大妲黛是……？」

「大妲黛是用土系魔法打造而成的超大型人偶。」

「不不不，重點是為什麼要做成我的樣子！維持魔巨像的模樣就好了吧！」

「光靠我的魔力無法製作出全長超過五十公尺的土偶，所以我這次用了這個……」

看到聖哉從胸前拿出來的東西後，我大吃一驚。我絕對不會忘記那個閃耀著金色光澤的草人——

「莉絲妲毛娃娃？」

那是我以前為了聖哉，拔下自己的頭髮做出來的丟人現眼的合成用娃娃。

「我用這個娃娃作為媒介，成功地讓土偶巨大化了。只不過也因為這個緣故，土偶變成了妳的外型。」

對於彷彿直接以誇張的比例把我放大的巨大土偶「大妲黛」，我當然也是目瞪口呆，不過在這一刻，更令我驚訝的其實是另一件事。

「那、那個……我不記得我有把那個莉絲妲毛娃娃拿給你呀……！」

那個娃娃在我們攻略蓋亞布蘭德的時候，曾經被瓦爾丘雷大人、馬修和艾魯魯嫌棄「不舒服」、「噁心」兼「妳認真的嗎？」我已經下定決心不再做第二次了，事實上也真的沒再做過。

聖哉用一副理所當然的態度說：

「嗯，一樣是趁妳睡覺的時候，拔下妳的頭髮做的。」

「你、你……！你又拔我的頭髮……！」

比起憤怒，我感受到更多的是強烈的不安，因為我知道製作莉絲妲毛娃娃需要大量的毛髮，所以我心驚膽戰地摸了摸自己的腦袋。

「啊啊啊！髮旋附近的頭髮少了好多！」

我大聲慘叫，聖哉的表情卻一如往常。

「不滿與怨言一概不受理。我說過很多次了，這一切都是為了拯救世界。」

「唔唔——————！」

我低吼著咬牙切齒，雖然很想痛罵他：「你這個跟蹤狂，把我的頭髮還來！」可是正如聖哉所言，要是沒有我的頭髮，他就沒辦法製造出足以對抗巨型歐克賽利歐的巨大土偶。

我深呼吸，強忍著憤怒盯著「大妲黛」看，心裡相信著……這個巨大的我會打敗巨型歐克賽利歐，我的頭髮不會白白犧牲。

巨型歐克賽利歐提防著突然冒出來的巨大的我，擺出攻擊架勢一動也不動。相對地，大姐黛也將又大又長的手臂架在胸前，擺出了戰鬥姿勢。

然後……歐克賽利歐動了起來，它用力舉起四條手臂之中的其中一條，用難以想像是來自那龐大身軀的速度朝大姐黛揮拳！

『砰！』

歐克賽利歐的猛拳砸中了大姐黛的臉！在那一剎那，從大姐黛的嘴巴裡——

『噢唔！』

發出了響徹塔瑪因周邊的搞笑聲音！

「！聖哉！大姐黛剛才叫了一聲『噢唔』啊！」

「她跟其他的土偶一樣，可以講出簡單的詞彙。」

「是、是喔……是說，她剛才被狠狠地揍了一拳耶？」

「放心吧，她的耐久度在魔巨像之上，被打幾下也不會有事。」

可是，歐克賽利歐在那之後連連猛攻，用上了全部的四條手臂，一直在毆打大姐黛！它的拳頭見縫插針，命中了大姐黛的身體！

『啊嗚！』

『噢噫！』

『嘎啊！』

每次被打中，大妲黛都會用我的聲音發出哀號。

「聖哉！大妲黛一直被揍耶，這樣沒問題嗎？」

「沒問題。」

真、真的嗎……？可是這樣好像是我自己在被毆打一樣，我的心會痛耶……！

我原本以為大妲黛只能被巨型歐克賽利歐壓著打，結果她抓準這陣猛攻結束的空隙，撲上去抱住歐克賽利歐，將它的四條手臂一同壓制住！

「哦哦！反擊了！」

歐克賽利歐試圖掙脫大妲黛的束縛，大妲黛卻用力地勒緊了它不肯鬆手！

「好、好猛喔……！她可以靠怪力打贏巨型歐克賽利歐耶！」

很好！形勢逆轉了……就在我這麼心想的那個剎那，我突然發現了一件不得了的事情。

大妲黛的裙子在跟歐克賽利歐角力的過程中掀了起來，露出了純白色的內褲！

「！哇喔喔喔喔喔！內褲都被看光光了啊！」

聖哉一臉嫌我麻煩的表情說：

「反正那又不是妳，用不著介意。」

「就、就算你叫我不要介意內褲走光，但我還是會介意啊……！」

而且那條內褲！跟我平常穿在身上的一模一樣，就只是放大了而已！大姮黛的工藝水準怎麼會高得這麼莫名其妙啊！

此時我突然發現，姜德正用手抵著下巴，抬頭看著大姮黛。

「嗯嗯……哇……」

「等一下，你這個色殭屍在看哪裡啊！」

「幹、幹嘛對我發脾氣？我只是在觀望戰況而已！」

「少騙人了！你明明就是在盯著我的內褲直看！」

就在我跟姜德爭執不休的時候，歐克賽利歐奮力掙脫了大姮黛的束縛，跟大姮黛拉開了距離。

然後，歐克賽利歐發出了「喀嚓」一聲的機械音，腹部打開，從裡面出現了幾支疑似大砲的東西。

「那、那是……？」

就在我這麼喃喃自語的瞬間，幾束光線從那裡往大姮黛的身上發射而去！

看到那刺眼光芒的瞬間，我閉上了眼睛，然後等我再度睜開眼睛的瞬間，我簡直快要昏倒了。

大姮黛被光線命中，卻還是屹立不搖，看來她確實如聖哉所言，耐久度非比尋常，只不過……大姮黛的頭髮被光線燒焦了！連衣服都被燒破了！

「聖哉啊啊啊啊啊啊！頭髮被燒焦了，衣服也被燒破了啊啊啊啊啊！」

可是，我想的事情跟聖哉想的事情打從根本上就不一樣。

「用不著擔心，大姐黛還有餘力。」

「我、我不是那個意思！而、而是我的身體！」

已經沒了衣服，身上只剩下胸罩和內褲了！大姐黛身上已經完全只剩下內衣褲了！

「……用不著介意。」

「！我會介意好不好！我現在根本已經是全裸了啊！」

「妳好煩，我已經說過那個不是妳了。」

『那為什麼胸型和體型統統都跟我一模一樣啊！』——這句話太難為情了，我說不出口。

我羞恥到不行，身體都開始發熱了。想必塔瑪因裡面的居民們現在也都在看著這幅光景吧。我回過神來，發現旁邊的姜德一臉色眯眯的表情。

「呼——呼……！這、這實在是太讚了……！」

「！我就知道你這傢伙一直在看！看我還不戳爛你的眼睛，喝啊！」

「妳、妳講話未免太難聽了吧！妳真的是女神嗎？」

我跟姜德又吵了起來，就在我們爭執的時候，聖哉看著一直處在防備狀態的大姐黛，低聲喃喃自語說：

「照理來說，外型雖然是妳的模樣，但是能力應該要是升級過後的巨大魔巨像才對……結果規格卻比預想的還低，難道是受到外表影響而劣化了嗎？」

「你這話是什麼意思啊！」

我因為屈辱與聖哉那失禮的說法而氣到不行。看了一下戰況，只見被揍的大妲黛也同樣滿臉通紅，嘴巴歪曲，表情非常生氣。下一秒，一陣地鳴般的聲音在四周轟然響起。

『我……生氣了……！』

聽到這句話，我不禁驚訝地失聲大叫。

「聖、聖哉！剛才大妲黛說她『生氣了』耶！」

「嗯，她說了。」

在那之後，大妲黛一臉認真地握緊拳頭，狠狠地盯著歐克賽利歐。

——難道她……要使出必殺技了嗎？

就在我這麼期待的瞬間——

『砰！』

歐克賽利歐的拳頭又往大妲黛的臉頰揍了下去！

『噢噗！』

大妲黛跟之前一樣被揍得大叫！我也同時對著聖哉大叫！

「不不不，她不是要使出必殺技嗎？她剛才明明用一副準備使出必殺技的樣子說：『我生氣了』耶！」

「只是說說而已吧，大妲黛沒有必殺技。」

「！那她講那句話不就沒有意義了？」

「沒辦法，是她不顧我的意願，自己變成那種設計的。」

聖哉不滿地嘆氣。

「要依照自己的想法製造出怪物來是很困難的事情，有時候也會出現異常。就像那台會說話的殺人機器──殺子一樣。」

看著聖哉所指的方向，我大吃一驚。

只見殺子在我沒注意到的時候，朝著歐克賽利歐與大妲黛交戰的地方跑了過去。

「小、小殺！」

於是我也立刻跟在後頭追了上去。殺子跑到大妲黛的腳下，從那裡抬頭看向歐克賽利歐，並且提高了她那少女般的聲音說道：

「父親大人！拜託您不要再打了！」

歐克賽利歐注意到殺子，看向了她。

「會說話的殺人機器嗎？魔王大人明明說了會講話的機型只有我……」

它那宛如紅色光源的機械視線彷彿要洞穿殺子般發著光。

「妳只不過是在製造過程中出現的異常。意思就是說，對我而言，妳只不過是數萬耳目的其中之一。」

「怎、怎麼會……父親大人……！」

那些話對殺子來說應該很難過吧，可是聽到那些話，我心中卻鬆了一口氣。

——因為那些話代表的意思是，事情果然跟聖哉的推測一樣，歐克賽利歐不只可以跟小殺，還可以跟所有的殺人機器共享感覺器官！

殺子是臥底的嫌疑這下完全洗清了，但是歐克賽利歐卻接著告訴殺子另一個令人驚愕的事實。

「誰是妳的『父親大人』？妳真正的雙親早就已經死了。通用型殺人機器的動力來自魔王大人的魔力，其核心則是使用被殺害的人類靈魂來驅動。」

殺子的身體大幅抖動。

「也、也就是說……我以前曾經是人類……？真正的父親大人與母親大人也是人類……而且，已、已經過世了……？」

我跟殺子一樣，受到強烈的震撼而驚慌失措。

——天啊！也就是說，之前被聖哉打倒的殺人機器都是……！

在我沒注意到的時候，姜德與聖哉已經來到了我的身旁。歐克賽利歐巨大的紅色眼睛將目光從殺子身上轉向聖哉。

「沒錯，勇者啊，那一萬多台被你像對待垃圾一樣破壞掉的殺人機器，全都是原本活在這個世界上的人類。」

聽到這個令人驚愕的事實，我與姜德都僵住了。

「不、不會吧……！」

「聖、聖哉……！」

我很擔心聖哉的精神狀況，於是轉過頭去看他……但是這位勇者的臉色沒有絲毫變化。

「為了拯救世界，必然需要犧牲一些人，我完全不認為這是我的責任。」

歐克賽利歐發出沒有抑揚頓挫的聲音。

「我原本還想打擊你的精神……看來你比較接近我們這些機械啊。」

反而是身為機械的殺子再也承受不住，「嗚嗚……」哭著用手撐住地面蹲踞下來。

「小殺！妳不要緊吧？」

我跑到殺子身邊，輕拍著她的背脊。殺子由鋼鐵打造的背脊雖然冰冷，但是就某種意義上來說，卻讓我覺得她比聖哉更像個人類。

歐克賽利歐從遠處由上往下俯瞰架著白金之劍，絲毫不見動搖的聖哉。

「可是勇者啊，沒想到你居然會自己跑出來迎戰。雖然我軍被摧毀，但我只須打倒你就已足夠，魔王大人想必會為此感到高興吧。」

聖哉用鼻子「哼」了一聲。

「我會站在這裡，代表我方的勝利已經百分之一百二十無法撼動了。」

「在我的計算中可不是那樣。」

然後，歐克賽利歐打開了腹部，露出了砲口。

「魂魄破壞射線(SD Laser)。」

不同於先前的顏色，它朝聖哉發射出黑色的光線！那道不祥的光芒裡，帶有能夠消滅我與聖哉的靈魂的連鎖魂破壞(Chain Destruction)。

「聖哉！」

我高聲尖叫，聖哉卻冷靜地下達指令。

「大妲黛，保護我們。」

『噯、噯～！』

話一說完，大妲黛便發出傻呼呼的聲音，張開雙手擋在聖哉與我們的前面！一陣刺眼的閃光亮起！可是沒有受到衝擊！大妲黛化為一道巨大的牆，保護了我們！

「沒、沒事吧？大妲黛……？」

我很擔心，於是這句話脫口而出，結果大妲黛對我的發言做出了回應，答道：

『沒事沒事！一點事都沒有喲～～！』

看到豎起拇指轉過頭來的大妲黛，我差點沒昏厥過去。

她的胸罩被剛才的攻擊轟掉了！胸部只剩下最前端還掛著一縷胸罩的碎片，幾乎等同於全裸了！

「！這到底哪裡沒事了啊啊啊啊啊啊啊啊啊啊啊啊啊啊啊啊啊啊啊啊啊！」

我一秒閃到姜德身邊，用兩手抓住他的頭部扭開他的脖子。

「妳、妳、妳、妳做什麼！我的頭要被扭下來了！」

「不准看——！敢看就宰了你！」

我使出足以扭斷不死者脖頸的力氣，只聽見姜德痛苦地哀號：

「不、不看！我不看就是了，妳快住手！重、重要的是，事情不好了！勇者不見了啊！」

「咦？」

聽到這句話，我回過神來。轉頭一看，發現聖哉真的不見了。

「不會吧？他剛才明明還在這裡的！他到底跑到哪裡去了？」

我躲在大妲黛後面偷偷探頭去看歐克賽利歐，只見它腹部的砲口發著光，似乎準備要發射出下一道光線。

——難、難道聖哉他……跑到大妲黛的屏障外面了嗎？這、這怎麼可以！太危險了！一旦被那光線射中，我和聖哉都會死掉的！

只不過，在歐克賽利歐還沒來得及從腹部發射光線之前，一陣熟悉的聲音便傳進我的耳裡。

「……狀態狂戰士（State Berserk Phase Second）・第二階段。」

聲音從遙遠的上方傳來，於是我抬頭往天空看去，只見有東西從大姐黛燒焦蜷曲的爆炸頭裡一躍而出。

那是渾身散發出鮮紅鬥氣的勇者。

「！不不不，你怎麼從那種地方跑出來啊！」

「『讓我能夠攻擊到體型龐大的敵人的踏板』——這才是大姐黛真正的使用方式。」

聖哉一邊說一邊劃過天空，用白金之劍狠狠地朝歐克賽利歐的腦袋砍了下去。

第三十六章　巨大的希望

他之所以拔掉我大量的頭髮，單純只是為了做一個「踏板」這種小家子氣的理由嗎？想到這裡，我忍不住興起一股想揍他的衝動，但是幹出這種好事的犯人現在並不在我身邊。

……而是在遙遠的天上。散發著深紅色鬥氣的劍接連砍向歐克賽利歐的頭部，粉碎了恐怕比鋼鐵還堅硬的裝甲。在伊克斯佛利亞無法使用飄浮的技能，然而他卻靠著翻轉身體來讓自己停留在空中，不斷地施加攻擊。看到勇者華麗的攻擊動作，我的怒意也漸漸地淡去了。

結束攻擊的聖哉降落到我的身旁站定，同時傳來劇烈的物體碎裂聲。歐克賽利歐的頭部損毀了，停滯的時間彷彿重新開始流動。

「好、好啊！幹得好！給它致命一擊了！」

聽到姜德的聲音，我也歡欣不已。歐克賽利歐的頭部甚至連內部的導線都外露了出來，劈哩啪啦地爆出短路的火花。

我以為這下勝負已定，但是歐克賽利歐畢竟不是生物，而是機械，失去大半顆頭並沒有影響到它的行動。就在下一秒，它腹部的砲口開始發光。

「聖哉！雷射要來了！」

面對足以殺死我與聖哉的光線，我急得高聲大叫，話才剛說完，歐克賽利歐的腹部便伴隨著差點震聾我的耳朵的聲音爆炸了，而它龐大的身軀也隨著劇烈的震動一起垮下。

「咦咦？」

聖哉泰然自若地對驚訝的我說：

「我剛才在砍向它之前，已經先讓土蛇侵入它的砲口了。」

「你的意思是，剛才的爆炸是土蛇造成的嗎？是土蛇讓歐克賽利歐的雷射爆炸的嗎？」

「沒錯。它為了能夠迅速發動攻擊而把腹部徹底打開是個錯誤的決定，開門之後一定要再把門關好。順便一提，我要外出的時候，會在鎖好玄關大門之後拉個三十次左右，確定門是不是真的鎖好了再出門。」

「！有必要確認那麼多次嗎！門不會壞掉嗎？」

我覺得確認一兩次就可以了，不過這種事情現在不重要。頭部半毀、腹部損壞，我覺得這次我們真的擊敗歐克賽利歐了，但是謹慎的勇者卻搖了搖頭。

「還沒結束，妳躲到大姐黛後面去。」

「可、可是，它都受到那麼嚴重的創傷了——」

就在我說到一半的時候，癱倒的歐克賽利歐又撐起了它龐大的軀體。聖哉說的沒錯，歐克賽利歐好像還能動，並且發出聲音斷斷續續地說：

「理論值……速度……預測能力……」

「它、它在說什麼？」

「八成是在分析我吧。」

然後，歐克賽利歐的眼睛發出光芒。

「應對……結束……」

就在下一秒，歐克賽利歐的身體出現了變化！它發出「喀嚓」一聲機械式的聲響，手腳彷彿被吸入內部似的消失了！

「咦咦？它到底想做什麼？」

歐克賽利歐變成烏龜般的模樣，我實在猜不到它的意圖，但是我立刻發現，歐克賽利歐的背上密密麻麻地出現了跟腹部相同的雷射砲口！

——它、它該不會……！

「……全方位型魂魄破壞射線（SD Laser All Range）。」

巨型歐克賽利歐將全身固定在地上，變形為砲臺，從背上瘋狂地發射出雷射！無數雷射伴隨著刺眼的光芒，宛如導彈般繞著彎朝聖哉襲來！

「狀態狂戰士・第二・六階段……！」

聖哉立刻把狂戰士狀態提昇至當初打贏葛蘭多雷翁的階段，他的動作瞬間化為一道紅色的軌跡。如豪雨般落下的雷射光捕捉不到紅色的閃電，只能徒勞無功地燒燬地面。

但是歐克賽利歐依舊不間斷地發射雷射，宛如將身上所有能源都灌注在雷射上面一樣，毫不留情地持續發動攻擊。

「想要持續閃避從四面八方飛來的雷射光……擁有肉身的生物總有極限，不可能做到的……」

歐克賽利歐不祥的發言迴盪著，不久之後，以Z字移動不斷閃避雷射光的紅色軌跡停了下來，等我的眼睛清楚地辨識出聖哉的身影時，他已經被來自四面八方的雷射光束包圍了。

「聖、聖哉！」

雷射光好像算準了聖哉停下來的地方，將他逼到了那個位置上。如今，雷射光從聖哉的頭上、側面、背面，從所有的方向一起朝著聖哉逼近。

然而，聖哉卻邁步往前衝刺，有勇無謀地朝著前方迫近的雷射光揮劍。

……用劍不可能斬斷光線，所以我以為那是他在無計可施之下自暴自棄的攻擊，但是當雷射光擊中聖哉的劍的那一瞬間，雷射光的軌跡變了！被彈開的雷射光朝著歐克賽利歐飛去，伴隨著爆炸聲命中了它！

歐克賽利歐似乎跟我一樣，無法理解這是怎麼一回事。

「居然將它反彈回來了……為什麼你有對策可以立刻因應才剛見識到的全方位型魂魄破壞射線……？」

「與其說是第一次看到，不如說那是通用型殺人機器的特技『邪惡射線』的改良版，而我已經分析過了，邪惡射線可以用白金之劍的鏡面反射反彈回去。」

——反、反射……！難道這也是他在上次分析殺人機器的冗長過程裡發現的嗎？

聖哉的身影再度化為紅色的軌跡。他是怎麼以肉眼無法追趕的速度不斷地縱橫來去，同時又持續祭出這麼精準的攻擊呢？聖哉幾乎將所有的雷射光都反彈回歐克賽利歐自己身上，歐克賽利歐的身軀不斷遭受自己射出的破壞光束攻擊，冒出了火焰與黑煙。

「無法解析……無法解析……無法……解……析……」

然後，歐克賽利歐眼中的紅光漸漸淡去、消失。

歐克賽利歐徹底停止了動作，我發動能力透視，注意去看它的體力。

巨型・歐克賽利歐
Lv：99（MAX）
HP：28671／3487570

「太好了！只要再給它最後一擊就行了！」

我雀躍地說，但是聖哉的表情依然很嚴肅。他靜止不動，目不轉睛地盯著歐克賽利歐。

「不，從現在開始反而要更加謹慎行事，歐克賽利歐恐怕會拖著我跟它一起爆炸。」

「咦咦！你是說歐克賽利歐會自爆嗎？」

「嗯，我還在原本的世界的時候，曾經在電視上看過陷入絕境的機器人『啪嗟！』一下按下骷髏頭圖示的按鈕自爆。」

「哎、哎呀，我說，那個……是從電視上看來的吧……？」

「我還有其他根據。那傢伙的能力值裡有個技能叫做『完全引爆破壞（All Destruction）』——那是自爆技的可能性很高。」

「啊啊……你說的倒也有可能……」

「在它啟動自爆裝置之前，我要先用爆轟焦破（Crimson Boom）把它收拾乾淨。」

聖哉用腳尖輕點腳下的地面之後，土蛇拿著兩把劍鞘出現了，聖哉把兩把劍鞘掛到腰間。

「假設歐克賽利歐體內有自爆裝置，就得擔心爆轟焦破的爆炸火焰會引爆裝置。但它若是會被引爆的設計，那在遭受敵人攻擊的時候同樣也會有誤爆的危險性，所以可以認定自爆裝置只會根據歐克賽利歐的意志來啟動。而且萬一引爆了裝置，我還是可以用爆轟焦破的爆炸來互相抵銷……」

聖哉碎碎唸個不停，思考著不曉得到底存不存在的自爆裝置的事情，同時一邊接近歐克賽利歐。遠遠看去，歐克賽利歐已經變成了一堆殘骸，但是當它發現聖哉接近之後，失去光芒的眼睛再度亮起了紅光。

「……準備啟動……完成。」

——！真的跟聖哉猜想的一樣，它還打算做些什麼！它、它真的打算自爆嗎？

只不過——

「我不會讓你『啪噠』的。」

狂戰士狀態的勇者的雙手已經按住腰間的兩把劍鞘，來到距離歐克賽利歐非常近的地方！同時出鞘的雙劍在巨大歐克賽利歐的眼前交錯！

「雙刀流爆轟焦破（Double Crimson Boom）……！」

當初擊敗葛蘭多雷翁的大招，在雙刀流的加持下產生了更強大的威力與衝擊波！歐克賽利歐的身體被劃出偌大的紅色十字的那一瞬間，那副龐大的身軀就這樣輕輕鬆鬆地被轟飛了！

歐克賽利歐在數十公尺遠的地方，伴隨著一聲落地的巨響猛烈地爆炸了，但是那陣爆炸的氣浪並沒有打到我們身上，可能是因為聖哉在施展爆轟焦破之後，隨即解除掉狂戰士狀態變回了土系魔法戰士……亦或是他早就已經在地底設置好了機關……一堵高聳的岩壁突然冒出來，保護了我們。

過了一會兒之後，聖哉解除了岩壁。

「我是為了以防萬一才用岩壁來當屏障……結果好像也沒有發生多大的爆炸嘛。」

……事到如今，我仍然無法知曉歐克賽利歐的體內是否真的有自爆裝置，但有一件事情我相當清楚——歐克賽利歐徹底被雙刀流爆轟焦破擊敗了，它的殘骸散落各處，就連小心謹慎的聖哉都不會懷疑這份勝利。

聖哉靠近變成零件四分五裂的巨型歐克賽利歐，開始仔細地用無限落下將所有殘骸一個一個沉入地底。

途中一直啞口無言地看著事態發展的姜德張開顫抖的嘴唇說：

「居、居然毫髮無傷地摧毀了機皇兵團……而且還擊敗了機皇歐克賽利歐……！你……你明明就強得讓人無法置信吧！既然你那麼強，就算打從一開始就上前線作戰也肯定會贏吧！」

「能夠不戰而勝當然就不戰。」

「你真的好厲害喔，聖哉！居然連那麼巨大的機器人都幹掉了！」

「其實我本來希望能夠讓魔巨像與大姐黛負責給歐克賽利歐最後一擊，可是姑且不說魔巨像了，大姐黛根本只能拿來當踏板用。」

我總覺得自己好像被貶低了，可是當我抬頭望去，卻看見大姐黛的臉上帶著燦爛的微笑。對……依舊是袒胸露乳的狀態……

「等、等一下，大姐黛！妳好歹用手遮一下胸部吧！」

『沒關係啦～！又不會少一塊肉！』

「！可是我有關係啊！」

我對著如高山般聳立的大姐黛破口大罵，只見還掛在她雙峰前的胸罩碎片好像隨時要被風吹走似的。

「喂！妳再不小心一點，胸前的……突、突起就要被看見了啦！」

『突起……？喔……妳是說【奶頭】喔～！』

「不要那麼大聲地說出奶頭這個詞！」

大吼之後，我瞪向姜德。

「幹、幹嘛啦！就說我沒在看了！」

別過臉之後不一會兒，姜德的臉上恢復了身為將軍的凜然神情，然後苦笑著說：

「話說回來，那個巨大的土偶也努力地幫我們保護了塔瑪因呢。」

聽到姜德感慨萬千地這麼說，我也表示同意。

「……是呀。」

事實上，大姐黛幫忙做的事情並不是只有當踏板。別說是歐克賽利歐了，又有誰想得到勇者會從大姐黛的頭髮裡跳出來賞歐克賽利歐一擊呢？大姐黛是討伐歐克賽利歐不可或缺的功臣，這一點顯而易見。

看著天真無邪的大姐黛在遠遠的天上用手擋著胸部，露出燦爛的微笑，連我也不禁跟著一起笑了起來。

——大姐黛，妳真的很努力了！

我在心中慰勞著大姐黛，卻發現聖哉不知道為什麼依舊舉著劍盯著大姐黛看。

「好了，塊頭這麼大，太礙事了，差不多可以銷毀了。」

「！不不不，稍微等一下啦，喂喂喂喂喂喂喂喂喂！」

我大聲慘叫，聖哉卻對我露出一臉錯愕的表情。

「幹嘛？大妲黛已經沒用了，不需要再留著她了。」

「但你也不能就這樣破壞她呀！這樣她未免太可憐了！」

「有什麼好可憐的？這傢伙是沒有意志的土偶。」

聖哉用冷淡的眼神看著大妲黛，問她：

「我可以破壞妳吧？」

『好呀，好呀～！』

「妳在『好呀好呀～』個什麼勁！總之你不能這麼做，聖哉！看到長得跟自己一模一樣的人偶被破壞，我的感覺會很糟糕！」

……在那之後，我說服了聖哉，讓大妲黛在塔瑪因的牆外擔任看守的工作。雖然那樣就好像被當成了放養的狗，但是總比被破壞掉好。

就連我叫聖哉幫忙修復大妲黛破掉的洋裝與燒焦的頭髮時，聖哉都還在心不甘情不願地碎碎唸著：

「麻煩死了，我還有很多事情要做的。」

「你有什麼事情要做？」

「首先，我必須叫魔巨像去把殺人機器的殘骸收集起來，用無限落下沉到地底深處才行。」

他照例要收拾善後，而且這次還是數量驚人的大掃除，會耗費許多力氣。可是比起那個，我更擔心的是另外一件事情。

「我說……那個……聖哉，你真的不要緊嗎？」

我瞧了瞧聖哉的臉色。我們從歐克賽利歐的口中聽說殺人機器原本都是人類，當時聖哉會不會只是裝得很平靜，實際上卻是在硬撐呢？

然而，聖哉的表情還是跟平時一模一樣。

「殘骸少說也有超過一萬台吧，這次的清掃工作相當繁重，不過還是得去做。要是留下還能動的殺人機器，它們又會再去攻擊人類。也罷，只要動員全部的魔巨像，應該不會花掉太多的時間。」

他滿腦子都想著怎麼收拾善後，讓我既是放心地覺得：「太好了……」又是無奈地覺得：「不不不，這個人作為人怎麼這個樣子……」心情相當複雜。

……反正無論如何，聖哉去處理殺人機器的殘骸了，我則是走到姜德身邊。

「他好像會花不少時間，我們先回塔瑪因吧。」

我開啟通往瞭望塔的門，但是姜德卻一動也不動地看著遠處縮著身體的殺子。

「……喂，那個要怎麼辦？」

「你是說小殺嗎？當然是帶她一起走呀。」

說完之後，我用死魚眼看向姜德。

「姜德！你該不會還想著要破壞小殺吧！」

「才、才不是，那傢伙的靈魂是人類吧？那就不應該去破壞她。」

「那你那個詭異的表情又是什麼意思啊？」

「我是在想那傢伙接下來要怎麼辦啦！即使殺子就這樣回到塔瑪因，要以殺人機器的身分活下去也會非常地辛苦。」

聽姜德這麼一說，我望向殺子——這個喜歡花朵、膽子又小的溫柔殺人機器，她在身為人類的時候，肯定還是一名年幼的少女，卻在某一天突然被魔王奪走了性命……

想像著殺子還是人類時的情景，我下定了一個決心。於是我邁步朝著殺子走過去，開口對那個把身體縮得小小的殺人機器說：

「小殺，總之我們先回塔瑪因吧？」

「可、可是我……」

我摸著殺子的背，努力擠出開朗的聲音說：

「吶，小殺！妳要不要跟我們一起去冒險？」

「咦咦！跟莉絲姐小姐還有聖哉先生一起嗎？」

殺子大吃一驚，姜德則是傻眼地開口說：

「喂喂喂，妳是認真的嗎……？」

「當然是認真的呀！只要跟我們在一起，殺子就不會受到傷害了！」

「可、可是，連我都大概可以想像那個勇者會說什麼喔。」

「沒關係！我會想辦法說服他的！大不了還可以『嚎啕大哭著下跪求他』嘛！」

「！妳都沒有身為女神的尊嚴嗎？」

我無視大叫的姜德，對殺子說：

「我跟妳說，其實我在成為女神之前也曾經是人類。」

「莉、莉絲妲小姐是……人類？」

「是呀，所以我總覺得我們有點像。」

然後我牽起了殺子的手。

「我們走吧，小殺！」

遲疑了一下下之後——

「好的！」

殺子充滿精神地回應了我。

我們穿過傳送門，回到塔瑪因的瞭望塔，向塔中的士兵們報告戰勝的消息之後，所有人都抓著彼此的手歡欣不已。在聖哉的指示之下，先前一直待在王宮裡確保人身安全的王妃也來到塔上，慰勞我們的辛勞。

然後……經過兩個小時左右，聖哉回來了。

我大口深呼吸，壓抑著胸口的心跳。

然後對即使得知殺人機器原本是人類也絲毫不為所動，利用完之後就想馬上把大姐黛處理掉的冷血勇者說：

「我、我說……那個……我們可不可以帶著小殺一起去冒險呀？」

我小心翼翼地開口這麼問。

第三十七章　新夥伴

聖哉沒有說「好」，也沒有一口回絕說「不行」，而是一言不發地看向我的臉。被他用那種看不出喜怒哀樂的表情盯著看，我的背後開始冒出冷汗。

——不不不，慢著，你隨便說句話啊！我超級尷尬耶！

就在這個時候，一直躲在我身後的殺子往前走了一步。

「可、可以請您答應嗎？我會努力不造成您的負擔！呃，我想跟兩位一起冒險，然後，那個……變成像莉絲妲小姐一樣出色的女性！」

「小殺……！」

殺子瑟瑟發著抖，我想她已經充分明白了聖哉的恐怖，但是這個擁有少女靈魂的殺人機器卻還是鼓起了勇氣，大聲地對他這麼說。看到殺子的這番表現，我也做好了覺悟。

呵呵，看到她這麼努力的樣子，我也只好認真起來了……好吧！來呀，做就做嘛！看我拿用額頭摩擦地面足以摩擦生熱到起火的「莉絲妲黛超級下跪磕頭」來求他！

「聖哉大人！請您、請您務必答應在下的懇求——」

只不過，就在我五體投地的瞬間——

「……好吧。」

聽到聖哉的回答，我的時間停止了。過了好一會兒，我才總算搞懂了狀況。

「咦咦咦咦咦咦咦！這麼簡單就答應了？你在蓋亞布蘭德的時候明明那麼排斥帶著艾魯魯與馬修一起走的！」

「雖然這傢伙以前可能是人類，但它現在已經是怪物了。既然是怪物，那它隨時隨地死掉都沒差。」

聽到這麼沒血沒淚的理由我都傻眼了，但是殺子依舊開心得手舞足蹈。

「好開心！我會拚命努力加油的！」

「總而言之，妳負責拿行李。」

「好的！我很樂意！」

殺子高高興興地扛起行李，而我則是看著一臉興趣缺缺的勇者心想。

……嘴巴上雖然那麼說，但是聖哉或許也明白殺子目前所處的狀況。一旦我們離開了伊克斯佛利亞，不知道殺子會面臨什麼樣的處境，所以聖哉一定會帶著殺子走——不對，其實我也不清楚，可能只是我自己想要這麼相信而已吧。

不久之後，一直在一旁觀望的姜德走到我們身邊來。

「你們接下來有什麼打算？要去打倒南方的怨皇瑟蕾莫妮可嗎？」

然而，聖哉搖了搖頭。

我。

「不，在那之前，我有其他的事情要做。」

「有其他的事情要做？」

我面帶笑容，代替聖哉告訴姜德。

「聖哉他呢，接下來要去神界修行。」

「咦咦！到神界修行？在這種時候？可、可是一般來說——」

姜德比手畫腳地說個不停，而我則是輕輕地拍了拍他的肩膀。

「哎呀，跳過這個橋段吧，老實說我已經看膩了。」

「！什麼叫做妳看膩了啊！我又不知道是什麼『橋段』！」

「總而言之，哎呀就是這樣啦，所以麻煩你稍微等一下嘍。」

我打開通往神界的門，準備跟聖哉與殺子一起走進去的時候，姜德站在我的面前擋住了我。

「……我要說的不是那個。」

「就跟你說不要緊了，我們不會花太多時間啦，一個小時之內就會回來。」

姜德一臉認真地說：

「神界裡應該有神可以瞬間就讓我升天吧？你們可以帶我一起去嗎？」

「哎呀，姜德你就保持現在的樣子又有什麼關係呢？」

「怎麼會沒有關係！我不想像這樣半死不活的，連自己什麼時候會失去身為人類的意識都不知道！」

追根究柢，是我的力量不夠才無法讓他升天，現在又看到他那無比認真的表情——

「……好吧。」

我也只能點頭答應了。

走出傳送門之後，我們來到統一神界的廣場。我深深地吸了一口神界有別於伊克斯佛利亞陰鬱空氣的新鮮清爽空氣。

「小殺、姜德！怎麼樣呀？這個地方很棒吧！」

可是當我回頭一看，卻發現殺子捂著腦袋，姜德也露出顯而易見的痛苦表情。

「你、你們兩個怎麼了？」

「我突然覺得很不舒服……！」

「我、我也是……！」

——他們該不會是被充斥在神界裡的靈氣影響了吧？

就算身上沒有邪氣，他們兩個是怪物依舊是不變的事實，我的推測八成沒有錯。

既然如此……那就只有一個解決辦法了。

「你們跟我來！」

我牽起殺子的手，拔腿跑了起來。

坐在賽爾瑟烏斯咖啡座裡，抬頭看著店長劍神賽爾瑟烏斯的殺子與姜德開心地說：

「感覺舒服多了！這個人的身上完全感覺不到靈氣耶！」

「對啊，真的讓人好放鬆！跟待在人類身邊沒兩樣！」

「！你們是什麼意思啊啊啊啊啊啊！」

賽爾瑟烏斯氣得要命，可是跟我料想的一樣，這個地方幾乎沒有靈氣。

我壞心地對身為神祇卻完全不會散發出靈氣的賽爾瑟烏斯一笑，說：

「好啦好啦，有什麼關係！他們說這裡『讓人很放鬆』呢！這應該是咖啡店老闆最大的幸福吧！」

「我一點都高興不起來！這個跟那個的意思不一樣吧！更何況，莉絲妲！妳身上也完全沒有靈氣啦！」

「咦？」

殺子連連點頭。

「真的，待在莉絲妲小姐身邊完全不會覺得難受耶……」

「不、不是吧，小殺？」

就在我這麼大叫的那個瞬間，殺子與姜德宛如照到太陽似的「唔！」地哀號一聲，同時用手捂住了臉。

「……哎呀，因為莉絲妲和賽爾瑟烏斯從人類轉世為神的時間並不長呀，這也是沒有辦法的事情。」

聽到熟悉的聲音，我回頭一看，只見我的前輩女神阿麗雅就站在眼前，而且阿麗雅身上散發出來的靈氣太過耀眼，殺子與姜德好像都無法直視她。

這、這樣啊！因為我們前世是人類，所以身上的靈氣才會比較少。可是跟賽爾瑟烏斯一樣的感覺好討厭喔……

殺子發現我在不高興，於是鼓勵我說：

「可是跟莉絲妲小姐在一起的時候，我會覺得很開心、很幸福喔！」

「啊啊……！小殺……！」

我覺得殺子可愛到不行，於是抱住了她。姜德似乎從阿麗雅身上充沛的靈氣得知阿麗雅是上位的女神，於是開口對阿麗雅說：

「如妳所見，我現在是不死者的狀態。所以我一直在尋找能夠讓我升天的神……妳有可能做到嗎？」

阿麗雅一臉抱歉地搖了搖頭。

「要讓不死者安詳地升天，需要的是強大的治癒力——或者是光之力。莉絲妲現在無法解放她原本擁有的治癒力量，而光之神目前正在拯救其他的異世界，不在神界。」

想當然耳，不只我與聖哉，神界裡的其他神祇們也都會召喚勇者來拯救異世界，光之神目前好像就是在忙著這件事。

看著一臉難色陷入沉默的姜德，阿麗雅微笑道：

「其實你不必那麼急著升天也無妨呀。」

「可是一想到我不曉得什麼時候會失去身為人類的理智，我就……」

「在我看來，你的腦部並沒有受到不死者的侵蝕，至少在接下來的幾年之內都不會有問題，這點我可以向你保證。」

「真、真的嗎！」

聽到阿麗雅這麼說，姜德笑逐顏開。

「太好了，姜德！」

「嗯、嗯，對啊！既然這樣，那我說不定可以繼續保持這個狀態，致力於塔瑪因的復興！」

姜德可以待在身邊不必消失，想必卡蜜拉王妃也會感到開心吧！看到王妃開心，我也會覺得高興。

「那就這麼決定嘍！在聖哉結束修行之前，小殺與姜德都先待在賽爾瑟烏斯的咖啡座裡等著！」

姜德與殺子都點了點頭，但是賽爾瑟烏斯卻不滿地埋怨。

「喂喂喂，不要擅自決定好不好！為什麼我非得照顧怪物不可啊？我一個人要忙著照料整間店耶。」

雖然今天連雅黛涅拉大人的影子都沒看見，整間店看起來比平時更清閒，但是我故意不把這件事情說出來，而是向賽爾瑟烏斯提議。

「既然這樣，那你要不要讓小殺與姜德在店裡幫忙呀？」

「幫什麼忙？他們是怪物耶！」

「哎呀，你不知道嗎？城裡現在很流行異世界的可愛怪物喲！還有勇者把冒險拋到一邊不管，只顧著跟怪物『軟呼呼』呢！」

「如果是妳所說的那種可以『軟呼呼』的可愛怪物，或許可以放在店裡當吉祥物吧。可是——」

賽爾瑟烏斯顫抖著指向殺子與姜德。

「妳看看這些傢伙！金屬身軀的魔導兵器加上滿身肌肉的不死者！別說是『軟呼呼』了，根本就是『硬梆梆』啊！」

聽到這裡，之前一直保持沉默的聖哉用嚴厲的眼神看向賽爾瑟烏斯。

「賽爾瑟烏斯，我很忙，你少在那裡說廢話，趕快收留這兩個傢伙。應該說，你給我收留他們。」

「不、不不不，可是，就算是聖哉先生的要求，這還是有點……」

大概是真的千百個不願意吧，賽爾瑟烏斯難得地回嘴了。聽到他這麼說，聖哉露出一臉麻煩透頂的表情，用腳尖點了點地面。只見他腳下的土隆了起來。

「真拿你沒辦法，既然如此，那就再附贈這個『炸彈石』給你吧。」

看到從地底下出現，露出讓人不舒服的詭異笑容的炸彈石，賽爾瑟烏斯尖叫。

「這個也不能『軟呼呼』啊，根本就是石頭吧！而且從名字聽起來，它絕對會爆炸對不對！」

「對，賽爾瑟烏斯，看你是要讓它爆炸，還是收留他們，自己選一個。」

「！突然就開始威脅別人了！這個勇者怎麼還是這麼過分！」

最後，被威脅的賽爾瑟烏斯心不甘情不願地答應收留他們兩個，這下聖哉總算開口向阿麗雅提出了我們原本的要務。

「那麼，阿麗雅，我想開始進行對抗下一個敵人的修行。」

「嗯，如果是我認識的神，我可以馬上幫你介紹。只不過——」

阿麗雅的話講到一半，冷不防地頓住了。她沉默了一會兒之後看著我微笑道：

「在那之前，莉絲妲，伊希絲妲大人要我通知妳，她在神殿等妳。」

……把聖哉交給阿麗雅之後，我獨自走在神殿裡，然後敲了敲房門，進入伊希絲妲大人的房間。

擁有千里眼，統一神界裡地位最崇高的大女神今天依舊坐在椅子上露出溫柔笑容——

「繼獸皇葛蘭多雷翁之後，龍宮院聖哉似乎又打倒了機皇歐克賽利歐呢。」

並且在我開口報告之前對我這麼說。

「是、是的！我原本以為我們要輸了，但是那其實是聖哉在演戲……結果我們壓倒性地戰勝了歐克賽利歐！」

聽到我興奮地這麼說之後，伊希絲妲大人「呵呵呵」地笑了。

「你們是正面迎戰能力值超越一年前的魔王的葛蘭多雷翁，然後打倒了他吧？既然如此，在伊克斯佛利亞裡，應該已經沒有能夠匹敵那個勇者的敵人了。」

被伊希絲妲大人這麼一說，我才赫然驚覺，我居然直到今天都沒發現這種只要冷靜下來想一想就會知道的事情。

對呀！對戰機皇的時候，我根本就沒有必要焦急嘛！打倒了葛蘭多雷翁，代表我們按照現在的狀態，可以一路游刃有餘地打到魔王戰呀！

「龍宮院聖哉的能力，已經遠遠超越一個人類所擁有的能力了呢。」

伊希絲妲大人笑瞇瞇地微笑，我也因此感到開心，總覺得好像是自己被誇獎了一樣。

「他的強悍在眾多勇者當中，的確可以列入前五名之內。」

「……咦？」

伊希絲妲大人那種拐彎抹角的說法讓我覺得不太對勁，於是我小心翼翼地詢問她：

「請、請問……還有比聖哉更強的勇者嗎？」

「統一神界的歷史悠久且深遠，當然也存在比龍宮院聖哉優秀的勇者。只不過，勇者並不是只要強大就好……」

身為女神，經驗比我豐富許多的阿麗雅與雅黛涅拉大人都一致表示聖哉是空前絕後的勇者。

——然而，伊希絲妲大人卻說有比聖哉還優秀的勇者！

我個人對此非常感興趣，只不過——

「現在先不聊這個了。」

伊希絲妲大人卻委婉地轉移了話題。

「打倒獸皇葛蘭多雷翁與機皇歐克賽利歐這兩個擁有強大魔力的敵人之後，籠罩伊克斯佛利亞的霧靄已經消散許多。我想告訴妳一件事情，就像我們統一神界的神祇可以賜予勇者加護一樣，妳知道也有著能夠給予魔物邪惡力量的存在嗎？」

「您指的是……邪神嗎？」

「正是如此。而且，如同統一神界的神祇有必須遵循的規則一樣，邪神也有必須遵循的規則。就像我們不能直接在異世界親自打倒魔王一樣，邪神也不能對勇者出手。」

——就像我們要召喚、支援勇者來間接打倒魔王一樣，邪神也會給與魔王力量來打倒勇者。意思就是說，伊克斯佛利亞的邪神不會直接攻擊聖哉嘍……

「即使是這樣，我還是要請妳多加小心。從對方能夠妨礙我的預知與千里眼這一點來看，盤據在伊克斯佛利亞的邪神想必擁有驚人的可怕力量，而持續受到那位邪神加護的魔王阿爾特麥歐斯究竟會出現什麼樣的變化……老實說，我也無法想像。」

聽到能夠預知不久後的未來的伊希絲姐大人說她也無法想像，我不禁一陣戰慄。

「莉絲姐，如果妳能夠打聽到那個邪神的名字或特徵，我希望妳來告訴我，只要知道對方是什麼樣的邪神，我們就能擬定對策。雖然這件事比較困難，因為邪神向來不太會自報姓名或現身人前……」

「好、好的！要是知道了什麼消息，我一定馬上跟您聯絡！」

「那就拜託妳了。」

說完這句話之後，伊希絲姐大人低聲自言自語似的說：

「還有……在妳回到神界來的同時，也有怪物的氣息跟著進來了。一個是被變成不死者的士兵，另一個則是擁有人類靈魂的魔導機械吧？」

「啊！對、對不起！我把怪物帶到神界來！」

我以為會挨罵，於是連忙低頭道歉，但是伊希絲姐大人卻平靜地搖了搖頭。

「沒關係，因為我從他們兩個身上完全感覺不到邪惡的氣息。」

「是的！小殺是個很乖的孩子，姜德也是個比較正經的不死者……啊，雖然他有點好色！」

「能與人擦身而過也是前世修來的緣分，珍惜緣分對於人類、對於我們這些神祇而言都是很重要的事情。」

——嗯，畢竟姜德在我還身為人類的時候似乎很照顧我，能夠再次跟這樣的人相逢，確實是一種不可思議的因緣呢……

就在我感慨萬千的時候，伊希絲妲大人拿起放在桌上的毛線球，似乎又要開始打起她熱愛的毛線了。

「我要說的事情都說完了，祝福你們旅途平安。」

「謝謝您！那我就告辭了！」

我行了一禮，打算離開房間的時候——

「……莉絲妲黛。」

伊希絲妲大人冷不防地叫住我，我回頭之後大吃了一驚，因為我覺得伊希絲妲大人的臉上出現了少見的愁容。

「可以請妳幫我轉告龍宮院聖哉，請他待會兒自己一個人到這裡來嗎？」

「聖哉自己一個人嗎？好……我知道了，我會轉告他。」

在我有點不解地回答之後，伊希絲妲大人的臉上露出跟平時一樣的柔和微笑，然後再度編起手上的毛線。

第三十八章　金神

從伊希絲妲大人的房間返回賽爾瑟烏斯咖啡座之後，我很驚訝地發現聖哉與阿麗雅居然還站著在說話。

咦？按照聖哉的個性，我還以為他肯定早就已經開始修行了。

奇怪的事情不只這一件，聖哉還對阿麗雅露出顯而易見的不滿神情。

「真的沒辦法嗎？就算一天練習一百個小時也不行？」

「我說過很多次了，這個就算是你也沒辦法呀……」

我笑瞇瞇地湊到陷入沉默的聖哉身邊。

「吶，聖哉！一天是二十四個小時啦！」

聖哉看著我，嘆了一口短氣。就在我滿頭「？」的時候，阿麗雅代替他向我說明。

「莉絲妲，聖哉他想找擁有防禦詛咒的力量的神祇修行，可是那是做不到的，所以正感到苦惱呢。」

「防禦詛咒的神祇？」

一問之下，姜德從旁插嘴：

「位於南方大陸庫列斯的怨皇瑟蕾莫妮可被稱為『行走的災禍』，據說她會施展強力的詛咒，至於是什麼類型的詛咒，詳情我也不清楚。」

喔喔，也就是說，聖哉想要學習接下來對戰瑟蕾莫妮可時需要的技能呀？

「可是阿麗雅，為什麼聖哉沒辦法學呀？」

「有些事情是再怎麼努力都無濟於事的，比方說，無論聖哉再怎麼修行，都無法使用莉絲妲妳擁有的『治癒』魔法，這是無關努力或資質的『特質』問題。而那種防禦詛咒的力量，跟莉絲妲妳的治癒魔法屬於同一種系統的力量。」

「原來如此，是這個樣子啊～好可惜喔……」

我嘟噥著說著說著，突然發現。

「等一下！既然是這樣，那由我來學習那個技能不就好了嗎？」

「嗯，是呀，我也是這麼建議聖哉的，可是他不肯。」

聖哉正眼瞧也不瞧我一眼地放話：

「妳還是算了吧，反正肯定拿不出什麼像樣的結果。」

「不試試看怎麼知道啊！」

「我就是知道。因為我完全不記得妳有幫上過什麼忙。」

「這個嘛……可能是這樣沒錯啦，可是……！」

聖哉拋下完全無法反駁的我，轉身就走。

「總而言之，既然事情變成這個樣子，那我只好變更計畫了。」

說完之後，聖哉二話不說地準備離開，而我朝著他大聲叫道：

「啊，聖哉！伊希絲妲大人找你！你等一下要到她的房間去喔！」

聖哉不發一語地邊走邊嫌棄地抬起一隻手。他的態度雖然冷淡，但是依照他的性格，他之後一定會去找伊希絲妲大人。

過了一會兒之後，阿麗雅露出苦笑。

「哎呀……想必聖哉一定能夠馬上找到新的辦法來取代詛咒封印吧。」

但是我依舊無法釋懷，明明只要讓我學會那項技能就萬事搞定了呀！

「阿麗雅！我還是想學！我想學那個技能！」

「咦！可是聖哉他……」

「這是為了防止聖哉找不到替代技能的對策！在我學會詛咒封印之後，要是聖哉也自己找到了辦法，那我只要什麼事都不做就好了！妳說對不對？」

「這個嘛……這倒也是。」

「阿麗雅！幫我介紹會封印詛咒的神吧！」

面對我真摯的請求，阿麗雅稍微遲疑了一下之後點頭答應了。在她答應的瞬間，我的內心燃起了雄心壯志。

以往聖哉在修行的時候，我基本上都只能負責幫他做便當而已！與其說是勇者的輔佐，向來更像是燒飯小妹的我，現在終於有機會出人頭地了！

很好～拚了！只要學會封印詛咒的技能，我這次就能真正幫上聖哉的忙了！

阿麗雅用認真的眼神看向興奮不已的我。

「莉絲妲，既然妳要學，那就去把妳房裡所有的零用錢統統拿過來。」

「零用錢是不是！嗯，我知道了……咦，為什麼？」

『妳聽好了，莉絲妲。本來，教妳封印詛咒的最適合人選是光神，可是光神目前正在拯救異世界，第二候補人選的輝明神妲茲瑪大人也不在，所以我要介紹第三候補人選的金神巴爾祖魯給妳。其實我跟她也不太熟……』

我如今正走在遼闊的神緣之森中，依照阿麗雅給我的指示，朝著與弓之女神蜜緹絲與戰神傑特所在的不歸井相反的方向前進。

不久之後，我走出森林，看到一棟瓦房出現在我的眼前。

用聖哉的世界的基準來說，統一神界的建築物大多比較接近中世紀的西洋建築，可是這座宅邸的外觀長得像日本的寺廟，是一棟讓人感覺跑錯棚的建築物。

我穿過有錦鯉悠游的池塘，嘩啦一聲拉開木製的大門。

「不好意思～打擾了……」

一大片榻榻米出現在我的眼前，這裡到底有多少榻榻米呢？在這個宛如柔道訓練場的地方的最裡面有一座近似東洋祭壇的擺設，而且有人正在祭壇上坐禪。

「不好意思，失禮了。呃，請問您是金神巴爾祖魯大人嗎？」

在我出聲招呼之後，對方微微地睜開了閉上的眼睛。

「……誠然，我乃巴爾祖魯是也。」

然後她起身朝我緩緩地走過來。講話帶著奇怪語尾的巴爾祖魯大人是位身材微胖，宛如中年大嬸的女神。她披著金光閃閃的華麗衣物，脖子和手上佩戴著大量的念珠與飾品，因此每當她挪動步伐，就會發出叮叮噹噹的聲音。

「說吧，道明妳的煩惱是也。」

「與、與其說是煩惱，倒不如說我現在正在拯救異世界……所以我想請巴爾祖魯大人傳授我封印詛咒的技能。」

說完之後，巴爾祖魯大人微微一笑。

「若是習得我家封印詛咒的祕技，便能在對上使用詛咒的魔物時封印其惡咒，使之無法發動是也。此外，若對手詛咒纏身，甚至有可能當場將其消滅是也。」

「真、真的嗎？太厲害了！請您務必教我那個祕技！」

「當然可以是也！請成為我的門徒，獲得宇宙之力是也！」

啊啊，太好了！沒想到順利地讓她答應教我了！

「那麼，巴爾祖魯大人，學會封印詛咒的祕技大概需要多久的時間呢？」

「這要視妳的心意而定，讓我看看妳的心意是也。」

「我的幹勁不會輸給任何人！」

我這次一定要幫上聖哉的忙！我內心這麼想著，兩隻手在胸前緊緊地握拳——結果巴爾祖魯大人的表情立刻沉了下來。

「哎呀，我不是那個意思……要表示『心意』，請妳先支付拜入我巴爾祖魯門下的費用1000格登是也。」

看到巴爾祖魯大人把食指與拇指合在一起做出數錢的手勢，我不禁大叫：

「咦咦咦！心意是指這個意思？」

說完之後，只見巴爾祖魯大人的表情更嚴肅了。

「妳不是想拯救世界是也？」

「是、是這樣沒錯……可是入門居然要收費，這也太……！」

順便一提，格登是在這個統一神界裡流通的神界貨幣。基本上，我們這些神生活上所必須的物品，都可以借用最上位神祇布拉夫瑪大人的創造之力來製作。但是要獲得像藝術之神製作的高品味服飾，或是建築之神打造的豪華住宅等等，就得拿出等價的東西，這種時候就要使用神界貨幣格登來進行購物。

「既然妳不願支付入門費用，那這件事就作罷是也。」

巴爾祖魯大人別開臉不理我了。

……我看了一下我的錢包，每個月從伊希絲姐大人那裡拿到的錢，加上我以前成功拯救異世界時拿到的獎金，總金額全部加起來是30000格登。

我從錢包裡抽出1000格登的鈔票。

「好、好吧。那，這個給您……」

「哦哦！感激地收下妳的心意是也！」

巴爾祖魯大人迅速地從我手上搶走鈔票。

算、算了，反正只是1000格登而已！好啦，重振精神準備修行嘍！

「那麼，巴爾祖魯大人！請您多多指教！」

結果巴爾祖魯大人又接著拿了一個偌大的壺到我的面前來。

「只要擁有這個壺，就能夠增強封印詛咒的神力是也！現在特價只要4000格登是也！」

——壺、壺……？

我傻了眼，這回巴爾祖魯大人又拿出一個小盒子，從裡面取出一大堆小東西給我看。

「其他還有封印詛咒的念珠、戒指等等，有助於對抗詛咒的神器品項齊全又豐富是也！」

——這、這、這個神實在是……！

「啊，妳還認識其他為詛咒所困擾的神嗎？推薦朋友入門的話，妳自己便可獲得介紹費是也！這麼一來就可以用老鼠會……不對，就可以讓妳的神力獲得壓倒性的增長是也！」

看著被強塞過來的集點卡，我心想──

──我受不了啦啊啊啊啊啊啊！這個大嬸女神實在太囉嗦啦！

而且這跟我原本想像的修行完全不一樣！於是我下定決心，把集點卡塞回她手上。

「請不要推銷我購買神器或是叫我推薦朋友來購買！話說回來，按照規定，神界的神器根本就不能帶到人類的世界去吧！」

「購買之後，妳只要把神器配戴在身上或放在身邊，壺或念珠裡面的封印詛咒之力便會順應妳的心意為妳所用是也！即使拿下神器前往下界，效果也能夠持續三天左右是也！」

真、真的嗎……？總覺得完全沒辦法信任她耶……！

看到我起疑，大嬸女神加強了語氣。

「總而言之，想要封印詛咒就一定要購買神器是也！沒有神器就無法修行是也！」

如果是平時的話，我一定掉頭回家打死不買，但是由於我在對戰葛蘭多雷翁時帶給聖哉很多麻煩的緣故，我還是留了下來。

──如果這樣就能幫上聖哉的忙，那我買……！

結果我總共付了29000格登買下對方介紹給我的神器，幾乎把零用錢花個精光。

我戴上買下的戒指與念珠，單手抱著壺對巴爾祖魯大人說：

「那麼，接下來要開始修行了吧！請您多多指教！」

然而，巴爾祖魯大人不是看著我，而是陶醉地望著我付出去的格登說：

「不，修行到此為止是也。」

「咦……怎、怎麼會……！可是妳明明說……！」

「在妳買下神器的同時，修行就結束了是也。妳可以回去了是也，歡迎再度光臨是也。」

看到發福女神用鼻子哼著歌開始數格登……我的憤怒到達了頂點。

「妳這混蛋開什麼玩笑！什麼叫做『修行結束了是也』啊啊啊啊啊！妳根本只是叫我買下念珠和壺而已吧！」

「噫！」

被我一把揪住衣襟逼近，大嬸女神哀號道：

「講、講話的語氣怎麼像個小混混一樣……！妳……妳這個女神真不像話是也……！」

「妳哪來的資格說我不像話！總之把格登還我，妳這個騙錢女神！」

「慢著是也！妳說我騙錢，這句話我可不能當做沒聽見是也！」

於是巴爾祖魯跑到祭壇前面，把供奉在祭壇上的木箱拿了過來。她從木箱裡拿出一尊穿著和服的人偶，長得跟聖哉的世界的市松人偶很像，但是人偶的頭髮比它的身體更長，讓人覺得有點發毛。

「這尊人偶的頭髮每天晚上都會長長一點點，也就是所謂的受到詛咒的人偶是也。」

「它、它確實散發著一種不祥的氣息……可是這種東西為什麼會在神界裡？」

「這是我為了練習封印詛咒而特地弄來的玩意兒是也。得到神器上的力量之後，要像這樣對著這個詛咒人偶詠唱咒語是也……」

然後，巴爾祖魯開始對著人偶揮舞起念珠。

「詛咒呀！退散是也！嘿嘿～！嘿嘿嘿～！」

我屏息凝神地盯著看，但是什麼事都沒有發生，只看到一個鬧事的大嬸在大呼小叫。

看了一會兒，我再度揪住巴爾祖魯的衣襟。

「妳根本只是在嘿嘿叫而已吧！」

「冷、冷靜一點是也！妳看是也！」

不一會兒之後，人偶的黑髮伴隨著「嘩啦啦」的輕快聲響全部脫落了。

「人、人偶的……頭、頭髮……！」

巴爾祖魯指著變成一顆大光頭的人偶，心滿意足地說：

「妳瞧瞧，詛咒解除了是也！這就是我家的獨門祕技！封印詛咒之祕儀是也！」

「喂，妳只是讓人偶變成禿頭而已吧？」

我覺得人偶變成一顆大光頭後，怨念好像更強烈了。

「我還有另一尊人偶是也！妳也來練習看看是也！」

「咦咦——唔……」

看到另一尊相似的長髮人偶被放到眼前，我只好現學現賣地試試看。

「詛、詛咒呀，退散吧……嘿、嘿嘿～……」

「妳要更用力地祈禱是也！誠意要更高、再高！就像在演唱會現場亂甩毛巾的觀眾一樣！或是像從舞臺上跳下來，被保全臭罵的觀眾一樣，激昂高亢地大叫是也！」

「？突然要求我當個沒禮貌的奧客我也做不到啊！」

被巴爾祖魯一催，我只好自暴自棄地揮舞著念珠，試著使出全力大喊。

「嘿、嘿嘿～！嘿、嘿嘿嘿嘿～！嘿嘿嘿嘿～！」

緊接著，「嘩啦啦啦」的聲音響起！人偶的頭髮脫落，變成一顆大光頭了！

「太好了，它禿了！它禿了！」

「是呀，它禿了是也！恭喜妳是也！」

「不、不對，妳給我等一下！我只是學會了讓人偶禿頭的技能吧！」

「此乃光之神力發威的結果是也！妳已經獲得我的所有真傳！修行到此結束！辛苦妳了是也！回去請走那邊！」

「！修行已經結束了嗎！就這個樣子真的沒問題嗎？」

這個修行不只期間很短，跟聖哉的修行比起來，品質也未免太低落了。還有，她說我已經獲得所有真傳，我卻不曉得自己到底學了什麼東西。

我還是無法接受這個彷彿豎起以失敗為前提的旗幟的修行，於是我回頭偷偷看了巴爾祖

魯一眼，只見她跪在祭壇前，神情真摯地喃喃自語著：

「啊啊，格登，更多更多的格登是也。格登不是萬能，任何事情沒有格登卻是萬萬不能是也……」

看到她那副模樣，我心中油然生出一股怪異的感覺。

照理來說，巴爾祖魯是活在神界的神祇，可是她為什麼會對格登有這麼異常的執著呢？

回過神來，我才發現巴爾祖魯正痴痴地望著擺在祭壇上的照片，照片上是一位疑似她兒子的年輕男神。

——難、難道說，那位男神是……巴爾祖魯的……？

我開口詢問巴爾祖魯：

「我說，巴爾祖魯，妳為什麼會這麼想要格登呢？」

「這是因為……」

一問之下，巴爾祖魯的臉上浮現扭曲的笑容。

「這當然是因為我要存很多很多的格登來擴建巴爾祖魯大宅是也！然後總有一天，我要跟這張照片上的帥哥男神『阿波羅大人』一起在這裡生活是也！」

「！那是什麼荒唐的理由啊！妳這個慾望薰心的大嬸！」

第三十九章　外務

把念珠與戒指戴在身上，再把壺夾在腋下，我心情複雜地回到咖啡座之後，馬上找阿麗雅大吐苦水。

「那種修行真的可以封印詛咒嗎？我總覺得那不叫做修行，純粹只是購物而已。」

「嗯……看來巴爾祖魯果真是位如傳聞一樣的神呢。算、算了啦，反正封印詛咒只是『為了以防萬一而學的』嘛。」

「雖然我也是這麼想的，可是我幾乎把零用錢都花光了，要是沒有一點雙眼可見的變化我會很空虛耶……」

阿麗雅瞇起眼睛，凝視著發牢騷的我。

「可是，莉絲姐，妳身上現在散發著靈氣喔。」

「咦？不會吧！真的假的！」

同時，我聽到背後傳來一把開朗的聲音。

「好厲害喔，莉絲姐小姐！您比剛才還神聖耀眼！」

我轉頭一看，發現殺子拿著放著咖啡的托盤興奮不已。

我詫異地看向壺與念珠。
——這些神器真的有效果耶……！
得知沒有白花錢，我稍微放心了一點，帶著笑容接過殺子遞過來的咖啡杯。
「謝謝妳，小殺！」
「不客氣！」
殺子精神飽滿地回答我，此時我才發現殺子身上穿著圍裙，看來賽爾瑟烏斯真的有讓她好好地工作。
「是說，妳覺得賽爾瑟烏斯怎麼樣？他有沒有叫妳去做妳不想做的事情？」
就在我詢問殺子的這個時候——
「這是什麼啊啊啊啊啊啊啊！」
我聽到了姜德的慘叫。一看之下，只見賽爾瑟烏斯與姜德隔著桌子一臉嚴肅地互瞪著。
那、那兩個人果然……我就覺得他們大概合不來！
於是我急忙朝他們兩人走了過去。
「等一下！不要吵架啦！」
可是他們的樣子有點奇怪，姜德手上拿著吃到一半的蛋糕盤，對賽爾瑟烏斯投以火熱的視線。
「我從來沒有吃過這麼好吃的東西！」

「真、真的嗎？我做的蛋糕有那麼好吃嗎？」

「何止是好吃！你根本是天才！」

姜德緊緊握住錯愕的賽爾瑟烏斯的手。

「我不能吃了你這麼棒的東西卻什麼都不做！讓我幫忙吧！先從洗碗開始如何？」

「啊，那就拜託你了……」

賽爾瑟烏斯傻眼地看著姜德離開，這次換骰子開口跟他說話。

「賽爾瑟烏斯先生，這個餐具可以放在這裡嗎？」

「喔，嗯，放那裡就好……」

待姜德與骰子離開之後，賽爾瑟烏斯依舊像失了魂似的呆站在原地。

我走到賽爾瑟烏斯身邊，拍了拍他的肩膀。

「太好了呢，賽爾瑟烏斯！你找到了很棒的工讀生！」

然後看到賽爾瑟烏斯轉過頭來，我大吃一驚，因為賽爾瑟烏斯居然淚流滿面！

「！不不不，你在哭什麼呀！」

「嗚嗚嗚！只看外表就判斷他們是怪物的我錯了！他們好善良！嗚嗚！」

「這有什麼好哭的啊……」

流了好一會兒的男兒淚之後，賽爾瑟烏斯用手擦去了淚水。

「妳去幫我告訴他們——『他們可以一直留在這裡。』」

我帶著微笑回到阿麗雅所在的座位上。

「阿麗雅！那三個人好像處得很不錯耶！」

「是呀，看來他們意外地合得來，真是太好了。」

跟我一起笑了一會兒之後，阿麗雅好像突然想起了什麼事情。

「話說回來，莉絲妲，聖哉去過伊希絲妲大人的房間之後回到這裡來，向我詢問了關於靈魂的事情。」

「靈魂？」

據說聖哉問了阿麗雅有關轉世與人類的靈魂構成等等的事情。

阿麗雅不解地說：

「明明他之前對於這種事情向來都沒什麼興趣。話說回來，我雖然把我所知道的靈魂的事統統告訴他了……但是他好像不太滿意，說了一句：『算了，反正我先開始進行對付瑟蕾莫妮可的修行。』之後就走掉了。」

聖哉想了解關於靈魂的事情？這是為什麼？跟他被伊希絲妲大人叫去有關係嗎？

「那、那聖哉現在在哪裡修行呀？」

「呃，我記得是叫做『狀態狂戰士』吧？他說要繼續提昇它，所以……」

「他說要提昇狀態狂戰士！」

——聖、聖哉該不會是想要設法達到據說絕對做不到的第三階段（Phase Third）吧……！

「我去看一下情況！阿麗雅！幫我保管這個壺！」

「等等，莉絲妲！我還沒說完……咦，好重！這個壺很重耶！」

我拋下腳步踉蹌的阿麗雅，再度拔腿跑向神綠之森。既然聖哉想要提昇狂戰士狀態至下一階段，那他肯定去了戰神傑特所在的不歸井。

走進傍晚的神綠之森——進入森林深處之後，林木被夕陽照耀得有如鮮血般赤紅，醞釀出一股不應該出現在神界裡的詭譎氣氛。我在心裡祈禱著能夠在天黑之前回去，並朝著不歸井前進。

走到一半的時候，我被一陣耳熟的聲音叫住。

「哎呀，這不是莉絲妲小姐嗎？願您今日順心愉快。您今天要上哪裡去？」

對方一邊說一邊放下搭著箭矢的弓。這位過去曾經脫個精光企圖襲擊聖哉的變態女神——更正，弓之女神蜜緹絲大人，臉上綻開一抹宛如過去種種都是夢境的秀麗迷人笑容。

「呃，我現在必須趕去不歸井……」

「是嗎？」蜜緹絲大人用手指抵著下巴，主動開口提議道：

「一個人走在森林裡會寂寞吧？不嫌棄的話，我陪您走一趟可好？」

「可、可以嗎？那就麻煩您了！」

接近不歸井的時候，森林變得更恐怖了。等太陽下山之後，視野也會變差，這種時候有個熟悉森林的人作伴讓人無比安心。蜜緹絲大人雖然是個只要看到男人就會撲上去的變態女神，但是她不會對女性出手，這一點讓人很放心，於是我一口就答應了蜜緹絲大人的提議。

我與蜜緹絲大人一邊聊著我在伊克斯佛利亞的冒險，一邊並肩走在森林裡。

一個人獨自走來備感漫長的路途，兩個人一起邊聊邊走轉眼就到了。不久之後，我看見了那口散發著詭譎氣息的古井。

「啊！不歸井！」

我跑到井邊，開始順著通往井底的繩梯爬下去。

「我也跟您一起下去。」

說完之後，蜜緹絲大人也跟著我一起下來了，可是……

「咦咦咦？怎、怎麼會這樣！為什麼？」

爬到井底之後，我一陣錯愕。

以前聖哉修行的時候，井裡面的空間很大，可是現在卻變成只能勉強擠下我與蜜緹絲大人兩個人的狹小空間，也沒在乾枯的井底看見傑特的身影，讓我一頭霧水。

——傑、傑特消失了？

這到底是怎麼一回事？她搬家了嗎？還是說……？

許許多多的猜想在我的腦袋裡亂成一團。

「……莉絲妲小姐。」

聽到蜜緹絲大人突然叫我，我轉過頭去看她，接著，我的思考停住了。

「！什、什、什麼……！」

蜜緹絲大人在不知不覺間脫掉了洋裝，整個人脫了個精光！

「等一下啊啊啊！妳幹嘛突然脫衣服啊？」

在我一頭霧水地大叫之後，蜜緹絲大人在一片昏暗中往我身上貼了上來。

「我每天每天都一個人獨自在森林裡練箭……根本沒有機會與男神接觸，在這般寂寞的日子裡……我最近開始產生了一種想法……」

然後，她用迷離的雙眼看向我。

「我心想，對象是女神好像也可以……」

「！您是在開玩笑吧？」

在我一陣毛骨悚然的同時——蜜緹絲大人直接撲上來抱住了我！

「來吧，莉絲妲小姐！讓我們在此處一同歡愛！」

「我、我、我沒有那方面的興趣啦啊啊啊啊啊啊啊啊啊！」

可是蜜緹絲大人根本不聽！她喘著粗氣，開始動手剝下我的洋裝！

她、她的力氣好大！而且性慾好強！

「啊哈哈！歡迎來到真百合的世界～～～～～～～～～～！」

噫！她的笑容和表情好恐怖！還有，什麼叫做「真百合」啊！不行，這個女神果然是變態，變態的程度活像是被詛咒了一樣……啊！

我被推倒，蜜緹絲大人騎了上來。此時我發現了一件事——於是從手腕上取下念珠，朝著蜜緹絲大人揮去。

「嘿、嘿嘿～！嘿嘿嘿嘿～！」

「被詛咒的性慾呀，消散吧！」我一邊在心裡默念著一邊高聲喊叫！雖然壺借放在阿麗雅那裡了，但是我身上還有一大堆跟巴爾祖魯買來的念珠和戒指！照理來說應該會有點效果！

然而，蜜緹絲大人卻望著嘿嘿叫的我紅了臉頰，咬著大拇指說：

「哎呀……居然這麼興奮……！看來您並不討厭呢……！」

「嘿嘿……才不是！」

可是無論我怎麼喊叫，依舊什麼事都沒有發生，蜜緹絲大人心醉神迷的臉漸漸朝著我的臉湊了過來。

就在我快要哭出來的時候。

『嘩啦啦啦』。

大量又細又長的白色物體掉到我的臉上。蜜緹絲大人發現那是自己的頭髮之後，瞬間大驚失色。

「這是……我、我的頭髮……嗎？」

看到蜜緹絲大人震驚地摸著自己的頭，我朝她送去嚴厲的視線。

「剛、剛才只是讓妳禿一塊而已！要是妳再繼續對我做出奇怪的事情，我就讓妳徹底變成一個大光頭！」

蜜緹絲大人畢竟還是個女神，很重視自己的外表，於是她立刻從我身上跳開。

「饒、饒命！我不要變成光頭！」

……從井裡沿著繩梯爬出來之後，我們一直保持著距離走路。

「討厭啦，莉絲姐小姐真是的，我剛才真的只是開玩笑而已……」

騙人！要是我沒讓妳掉毛的話，妳根本就是真心想上我！

「話說回來，莉絲姐小姐，您真讓人驚訝，您什麼時候變成除毛的女神了呀？」

「才不是！蜜緹絲大人妳夠了，請妳閉嘴！」

從神緣之森回來之後，我前往神殿裡的勇者召喚之間。

因為在我疲憊不堪地回到咖啡座之後，阿麗雅告訴我，聖哉與雅黛涅拉大人在召喚之間裡修行。

……什麼事也沒有，是我自己太性急而誤會了。一聽到狂戰士的修行，我就馬上想到傑特，結果卻並非如此。聖哉似乎是想藉由跟雅黛涅拉大人的修行，在狂戰士狀態下磨練劍技。

——啊啊，白跑了一趟……

我垂頭喪氣地打開召喚之間的門。

「唔……莉絲姐，不要擅自闖進來，我正在修行。」

狂戰士狀態的聖哉的頭髮與眼睛都變得火紅，他停下與雅黛涅拉大人的對劍朝我瞪過來，但是疲憊不堪的我毫不在意地喃喃自語道：

「原來跟平時一樣在這裡修行啊……」

聖哉用鼻子「哼」了一聲。

「我要用壓倒性的攻擊力，在對方發動詛咒之前打倒她。」

說完之後，聖哉再度舉起劍。即使什麼也沒說，雅黛涅拉大人也察覺到聖哉的動作，擺好了戰鬥架勢。

「狀態狂戰士．第二．七階段……」

聽到聖哉的發言，我渾身上下沉甸甸的疲憊全都不翼而飛。

——第二．七階段！對戰葛蘭多雷翁和歐克賽利歐的時候，他能施展的最大限度也才到第二．六階段而已！而他現在居然又把階段往上提昇了嗎？

然而，令人驚訝的還不只這一點。在狂戰士狀態下，聖哉打破了雅黛涅拉大人化為神劍的雙手架起的防禦，用力地揮舞白金之劍砍去。

「原子分裂斬（Atomic Split Slash）！」

召喚之間的地板伴隨著震耳欲聾的巨響爆裂開來！我也同時被掀起的衝擊波掀了出去！在那之後，我勉強爬起身，發現被直接命中的地板塌陷出一個大坑！餘波還讓地上到處都出現了龜裂！

「居然有這麼大的威力……！是說，聖哉！雅黛涅拉大人呢？」

「我有控制力道，並沒有真的瞄準她。」

我順著聖哉所指的方向看過去，看到高高躍起閃過原子分裂斬的雅黛涅拉大人落了下來。

啊啊，太好了……幸好雅黛涅拉大人沒事！可是這威力好驚人喔！雖然一般的原子分裂斬就已經很厲害了，但是剛才施展出來的這一下，攻擊力在狂戰士狀態下提高了好幾倍，自然就……

「等、等一下！在狂戰士狀態下不是沒辦法使用魔法或特技嗎？傑特不是說不可能同時施展嗎？」

「不，只要掌握了訣竅就非不可能。」

太、太令人無法置信了！這個勇者到底還能有多扯！為什麼他總是能夠輕易地顛覆別人口中的「不可能」！

我吃驚得不得了，聖哉卻若無其事地說：

「感覺就像一邊吃飯一邊看書一樣，只是不雅觀而已，並非做不到。」

！原來是那樣的感覺喔？那我好像也做得到……不、不對，這句話是從天才口中說出來的，所以實際上應該很困難吧……！

「嘻嘻嘻嘻嘻嘻嘻嘻嘻，太、太完美了，聖哉又、又變強了。」

對天才勇者感到敬畏的人不只有我，雅黛涅拉大人也一臉滿意地笑了。

「施、施展強大的詛咒，需、需要時間或繁瑣的條件。詛、詛咒這種東西，對、對於我和聖哉這種速、速攻型來說沒、沒有意義。」

聽到雅黛涅拉大人這麼說，聖哉點了點頭，收劍回鞘。

「嗯，『狀態狂戰士・第二・七階段』加上『在狂戰士狀態下同時發動技能』，足以用來對付怨皇瑟蕾莫妮可了。」

「哦哦！那你已經準備就緒了吧！」

然而，聖哉卻用死魚眼看向我。

「莉絲妲，妳好像正在進行封印詛咒的修行？」

「啊、嗯。姑且是學會了啦……」

「我把醜話說在前頭，這次可沒有妳出場的機會。」

「哎、哎呀，可是你想想看嘛！這是為了以防萬一呀！聖哉你不是也常說嗎？必須為了以防萬一而做好準備！」

「妳在說什麼鬼話？『以防萬一』指的是我跟雅黛涅拉的這個修行。拉多拉爾大陸南方沿岸已經築起堅固的要塞，肯定能夠完全把怨皇瑟蕾莫妮可擋下來。萬一擋不下來，我就同時發動妳剛才看到的狀態狂戰士・第二・七階段與技能，速戰速決擊垮對手。」

看到他那直透人心的雙眸與身上散發出來的自信，我不禁嚥下一口唾液。

好、好像真的沒有我出場的機會耶！虧我還把零用錢都花光了……！

於是我無力地問聖哉：

「……那，我們快點到伊克斯佛利亞去吧？」

然而，聖哉給了我一個意外的回答。

「不，我想在神界裡多留一兩天。」

「咦？你不是一切準備就緒了嗎？」

「對付怨皇瑟蕾莫妮可的準備已經萬全了，只不過……」

聖哉瞥了我的臉一眼，好像想對我說些什麼，卻又別過頭去。

「還有其他外務要處理。」

「外務？」

聖哉還是老樣子，一句話都不肯多說，一個人轉身離開了召喚之間。

——會是什麼事呀？跟他被伊希絲妲大人叫去……或是跟阿麗雅所說的那些話有關係

嗎……？

「已經做好對付敵人的萬全準備，卻還是留在神界裡」——這讓我覺得不太尋常。只不過，我們原本就預計要停留幾天，所以最後還是在神界裡再多待了一段時間。

第四十章　沒有生機的大地

滯留在神界的第三天早上，我前往賽爾瑟烏斯咖啡座去找殺子。

在阿麗雅等人平時閒聊的，有遮陽傘的座位對面，有一棟兼具廚房功能的小巧建築物，姜德與殺子正在那裡休息。

「小殺，我要進來嘍～？」

我進入分配給殺子的房間。狹窄的室內，只見殺子蓋著被子窩在房間的一隅。

「啊、抱歉！妳在睡覺嗎？是說，小殺妳也要睡覺嗎？」

聽到我這麼問，殺子不好意思地搔了搔頭。

「不用，其實我完全不會想睡覺，可是賽爾瑟烏斯先生說：『努力工作之後必須好好睡覺。』所以……」

呃……他怎麼會叫機器人去睡覺啊？賽爾瑟烏斯果然是個大笨蛋……！

「抱歉，小殺，我會去罵罵那個笨蛋的。」

可是殺子卻用力地搖了搖頭。

「不用啦！我很感謝賽爾瑟烏斯先生！他願意把我當成人類來看待，這讓我非常開心！」

「是、是喔？」

好吧，既然當事者本人都說不用了，那就算了吧。

「那麼，小殺，妳過來一下。」

我叫殺子坐到房間裡的梳妝台前。

「妳好歹也是個女孩子，必須稍微打扮一下才行。」

然後，我把準備好的花飾別到殺子的胸前。

「這、這是？」

「這是小殺妳在塔瑪因種的花！我在它們枯萎前摘了一朵下來做成壓花！這是送給妳的禮物喔！」

殺子愣了好一會兒之後才握住我的手，用力地上下揮舞。

「謝謝您，莉絲姐小姐！我會珍惜它的！」

跟我想的一樣，殺子很高興。總覺得別在她胸口上的粉紅色花飾，緩和了她殺人機器的外型帶來的殺伐之氣。

我滿意地看著鏡子裡面的殺子，殺子好像也在看著她身邊映照出來的我。

「莉絲姐小姐真的好漂亮！」

「咦～騙人～我哪有～」

我謙虛了幾句，卻暗爽在心裡。都怪聖哉平時老是把我損得一無是處，害我現在完全禁不起別人的誇獎。

我重新看了看自己的臉。

——是吧？我想也是，我果然還是很漂亮的嘛，畢竟我是女神嘛。可是聖哉為什麼就是看不見我的魅力呢！

漂亮、漂亮，嗚呼呼，我很漂亮……我有點自戀地陷入自我陶醉，卻冷不妨地發現鏡子裡面的我嘴角有點下垂。

「咦……？」

不知道是不是心理作用的緣故，我還看見了清楚的法令紋。

「啥……？」

除此之外，額頭和眼尾還出現了無數的小細紋！美麗的金髮也在轉眼間變白了！

「這、這、這、這是怎麼回事！」

「莉、莉絲妲小姐！您、您怎麼突然變成老太太了？」

正當我們兩個人震驚不已的時候，一道沉穩的聲音從不遠處傳了過來。

「嗯，迅速變老了，真是驚人的力量。」

「啥啊啊啊啊啊啊啊啊啊？」

一眼望去，只見聖哉正舉著一把劍身鮮紅的劍對著我！而且那把劍上散發出來的暗紅色邪氣正籠罩著我！

「原來是你搞的鬼嗎啊啊啊啊啊啊啊！」

「這是這把劍的力量，是我用以前跟獸人買來的邪神護身符和吸取生命力的劍合成出來的。」

聖哉把劍從我身邊拿開之後，我臉上的皺紋就消失了。當他把劍再一次湊近我，我又再度變成一個滿臉皺紋的老太婆。

「！不要讓我一下子變老，一下子變年輕好不好！」

「真是把不可思議的劍，妳要鑑定看看嗎？」

我用鼻子哼了一聲，卻還是跟聖哉一樣發動了鑑定技能。

『Holy Power Drain Sword——這是可以吸收神祇身上散發出來的神聖靈氣的劍！神祇只要靠近它就會老化並且衰弱！』

我瑟瑟發抖著尖叫。

「這種一點用處也沒有的劍到底是什麼鬼東西啦！」

「『Holy Power Drain Sword』嗎？名字真長，以後就叫它『莉絲妲老太婆之劍』吧。」

「！你夠了沒有，從剛才開始就一直在胡鬧！」

「我沒有在胡鬧，而是在開發可以取代白金之劍的新劍，畢竟伊克斯佛利亞已經失去威力足以打倒魔王的武器了。」

「這種失敗作品怎麼可能打得贏魔王！」

「它不一定是失敗作，說不定某一天會派上用場。可能的話，我還想再做幾支備用。」

「這種東西不需要第二支或第三支啦！」

我用鄙視的眼神看向把那支噁心的劍收進道具袋的聖哉。

「是說，你就是為了製作這個東西而特地延長留在神界的時間嗎？」

「不是，這是『外務中的外務』。」

有聽沒有懂！他究竟有多少外務啊！

「原本的『外務』目前沒有進展，但是我們也不能留在神界太久，我決定待到今天為止，妳去準備準備。」

說完這些之後，聖哉離開了房間。

「搞什麼呀，真是的！」

一下子突然把我變成老太婆，一下子又催我趕快準備，我滿腔憤怒無處宣洩，但是殺子卻很開心地對我說：

「聖哉先生真的很喜歡莉絲妲小姐耶！」

「什、什麼？」

「看到兩位的感情這麼好，我也感到很開心！」

看到剛才的情景還說我們感情好……殺子的腦袋沒問題嗎？嗯～殺子果然是個機器人，不懂男女之間的事情呢……

我重整心情，收拾妥當之後，告訴姜德與賽爾瑟烏斯我們要回伊克斯佛利亞了。聽到這件事之後，賽爾瑟烏斯露出了格外依依不捨的神情。

「下次到神界來的時候，歡迎你隨時過來。」

「嗯，承蒙你關照了。」

與姜德熱情地握了手之後，賽爾瑟烏斯轉頭對殺子說：

「也謝謝妳了，殺子。託妳的福，我們這間店的生意才能變得這麼好。」

「哪、哪裡！我不敢當！」

「有一間由怪物來幫你端咖啡的咖啡廳」——這個消息在神界裡到處流傳，讓賽爾瑟烏斯咖啡座在這兩天熱鬧了一點。

賽爾瑟烏斯用前所未見的認真表情盯著他們兩個看。

「過去我一直帶著偏見看人，可是姜德、殺子，遇到你們之後，我改變了。我過去身為劍神，一直……嘎啊喔喔喔喔喔！」

原本還在認真說話的賽爾瑟烏斯突然飛了出去！他在幾公尺外摔得不成人形，口吐白沫！

「賽、賽爾瑟烏斯！」

「賽爾瑟烏斯先生！」

姜德與殺子齊聲大叫，只見聖哉站在賽爾瑟烏斯原先站立的地方，把踹人的腳收了回去。姜德指著昏厥的賽爾瑟烏斯大吼。

「你幹嘛突然踹人啊！」

「因為他那些無聊透頂的廢話感覺會講很久，所以我趕緊把他處理掉了。」

「誰會因為這種理由就那麼用力地踹人啊！你太過分了吧！」

聖哉不理會姜德，開口對我說：

「看來妳已經準備好了，那我們就回去了。」

「我、我知道了……」

我不想被踹，所以默默地開了門，阿麗雅與雅黛涅拉大人都來為我們送行。

「聖哉、莉絲姐，你們要加油喔！」

「嗯！謝謝妳，阿麗雅！」

我一邊道謝，一邊把我跟巴爾祖魯買來的戒指等神器交給阿麗雅保管。

「哎、哎呀，應該不用擔心吧？聖、聖哉變、變得很強，任、任何世界都、都找不到他、他的敵手了……」

我笑著對雅黛涅拉大人點了點頭之後，轉頭問聖哉：

「那麼聖哉，我們要先到塔瑪因去嗎？」

「不，我想去維護建構在拉多拉爾南部沿岸的要塞。」

「在賈爾巴諾附近對吧？我知道了。」

但是，就在這個時候，姜德罕見地帶著一臉不好意思的表情問聖哉：

「抱歉，但我有一件事想拜託你。我們可以到過去由機皇支配的北方巴拉庫達大陸去看一看嗎？」

「為什麼？」

「雖說巴拉庫達大陸被殺人機器所支配，但是搞不好像塔瑪因一樣，還留有存活下來的人類。」

「唔……」

聖哉沉默下來，稍微思索了一會兒。

「聖哉先生……！可能的話，我也想知道巴拉庫達大陸的狀況……！」

聽到殺子也這麼說，聖哉終於靜靜地點了點頭。聖哉雖然有很冷酷的地方，但畢竟是勇者，應該會想要拯救還有機會拯救的生命，而我當然也是同樣的心情。

只不過，要把門開在沒有去過的土地上，需要伊希絲妲大人的許可。

「莉絲妲，我來問問伊希絲妲大人。」

一直聽著我們的對話的阿麗雅閉上眼睛，與伊希絲妲大人對話。不久之後，阿麗雅睜開了眼睛說：

「我剛才得到伊希絲妲大人的許可，准許你們把門開在巴拉庫達大陸上了。可是……」

阿麗雅神情微妙地說：

「伊希絲妲大人說，巴拉庫達大陸上恐怕已經沒有存活的人類了……」

聽到阿麗雅這麼說，我們倒抽了一口氣。即使如此，聖哉依舊表示：

「伊希絲妲的千里眼不是因為邪神的干擾而被削弱了嗎？那就代表不一定百分之百沒有生還者，實際情況如何還得親眼去確認，對吧？」

「就、就是說呀！聖哉說的沒錯！我們一起去吧！」

姜德與殺子也點頭同意。在那之後，聖哉先讓土蛇鑽過傳送門，確保周遭安全無虞之後，我們也穿過了傳送門。

打開門的那一剎那，看到出現在眼前的光景，我、姜德與殺子都說不出話來了。

四周是無邊無際的荒野，放眼所及之處，四散的人骨足足超過了上百具。

——太、太慘了……！這裡變成這個樣子，怎麼可能還有人類活著……！

唯獨聖哉還是跟平時一樣，平淡地開口說：

「雖然希望渺茫，但還是姑且探查看看有沒有生還者吧。說不定只有這塊區域的情況特別糟糕而已。」

聖哉屈膝蹲下，用手抵住地面，看來他正在製造探索用的土蛇。而姜德詢問聖哉：

「巴拉庫達大陸雖然不比拉多拉爾，但是也相當遼闊，調查整片區域是不是會花上很久的時間？」

只不過，在那一瞬間，地面以聖哉為中心呈圓形隆了起來。那些隆起宛如小石頭落入水面掀起漣漪般擴散開來，以驚人的速度離聖哉而去。

「我跟著土神修行過之後，已經可以成功製造出移動速度大幅提高的土蛇了，掌握整片大陸的情況應該不需要花太多時間。」

聖哉閉上了眼睛，看來他正在連結釋放出去的無數土蛇的眼睛，並且查看情況。

聖哉不時會像機械一樣簡潔地回報狀況。

「……西方，半徑五十公里以內全都是屍體。」

「……北方也一樣，沒有生還者。」

聖哉現在所見到的，應該是我們所看不到的淒慘光景。

「我說聖哉，你不要緊吧？會不會難受？」

「嗯，與大量土蛇共享視野需要使用到神經，不過這並不成問題。」

「喔、喔，是喔……」

看到大量的人骨依舊不為所動，還把心思放在跟我擔憂的完全不一樣的地方。不過更重要的是，我發現在專注探查的聖哉背後的殺子顯得垂頭喪氣。

在我開口跟她說話之前，姜德就先拍了拍殺子的肩膀。

「妳還好吧，殺子？」

「父親大人——不對，機皇歐克賽利歐說我真正的父母已經死了，意思就是說，我父母的遺骸就在這片土地上面對不對？」

被她這麼一問，姜德顯然很不知所措。

「不、不一定吧！這裡肯定還有人類存活！妳的父母肯定就在其中！」

「要是那樣就好了，可是……」

我走近仍舊垂著腦袋的殺子，然後蹲下來，用與殺子同高的視線看著殺子。

「吶，小殺，妳是個很乖的孩子，一定會有一個很棒的未來在等著妳。」

「很棒的未來？」

「嗯，是呀。」

姜德也附和我。

「嗯，對啊！說不定還可以找到讓殺子變回人類的方法喔！」

「讓、讓我變回人類？」

「有希望的！」

「真、真的嗎？如、如果可以的話……那就太開心了……！」

然後，殺子的聲音開朗了起來。

「謝謝你們！我好像開始有精神了！」

可是，就在這個時候，聖哉卻頭也不回地用冷淡的聲音說：

「還是有人無論做了多少善事，終其一生都得不到善報就死去；也有惡人壞事做盡，卻還是可以不受制裁地逍遙度日。沒有人能夠知道未來會發生什麼事。」

聽到他這麼說，姜德提高了嗓門大聲吼道：

「你這個人是怎麼一回事啊！」

就是說呀！我們好不容易才讓小殺的心情好轉耶！

聖哉只轉過一顆頭，用冷淡的眼神看向殺子。

「殺子，妳是機械，不要過度期待自己可以變成人類。」

這下連我也看不下去了。

「你太過分了，聖哉！你怎麼可以說這種話！」

「期待越深，落空的時候失望就越大，到時候妳能負責嗎？」

「這、這個……」

「不要承諾妳做不到的事情。」

然後聖哉背對著我站起身來。

「莉絲妲，開門，已經沒有必要繼續待在這裡了。」

「咦……你、你的意思，難道是說……！」

「我已經掌握巴拉庫達大陸全境的狀況了。正如伊希絲妲所言，沒有生還者。不過還有殘存的殺人機器零星散布在大陸的各個地方。」

「等、等一下！只花這麼短的時間就這麼斷定未免太草率了吧！說不定還有你漏看的地方啊！」

「沒有遺漏的地方，我的調查很確實，而且很完善，一個生還者都沒有。」

根據過往的經驗，想必姜德也知道聖哉說的話都是真的。在大家一片沉重的沉默之中，殺子開口說：

「父親大人和母親大人果然都已經去世了……」

「這件事情打從一開始就很明白了，這次來確認有沒有生還者只是為了以防萬一兼走個形式而已。況且，就算妳的父母還活著，妳也不曉得他們的長相吧？」

「您說的……沒錯……」

然後聖哉將視線從殺子身上轉向我。

「浪費時間。莉絲妲，按照原本的計畫，到要塞去吧。」

「聖、聖哉！你也稍微考慮一下小殺的心情嘛！」

「沒、沒關係啦，莉絲妲小姐！我們前往下一個地點吧！況、況且我……也不想繼續待在這裡了……」

「小殺……」

姜德忿忿地踢起腳下的土，雖然他沒有說出口，但是他或許正在心想：『早知道會這樣，我就不拜託他來探查巴拉庫達大陸了！』

我們懷著悶悶不樂的心情，前往拉多拉爾大陸南部沿岸。

第四十一章　行走的災禍

卡蜜拉王妃像在蓋棉被一樣，溫柔地將淺棕色的斗篷披到殺子身上。

「我原本想要幫妳用更可愛一點的顏色做，可是又怕那樣會太過顯眼。」

「沒關係！這件斗篷很棒！謝謝您！」

我現在正與殺子還有姜德一起待在塔瑪因王宮裡王妃的寢殿。

探索完巴拉庫達大陸之後過了兩天，殺子總算重新打起了精神，這還要歸功於卡蜜拉王妃的協助。王妃不理會身邊士兵們的顧慮，或是讓殺子進入王妃的寢殿，或是陪著她一起玩。順便一提，這個消息很快就傳了出去，對於生活在塔瑪因的民眾來說，殺子漸漸不再被視為可怕的怪物了。

看到殺子在全身鏡前面開心地轉來轉去試穿著斗篷，姜德對她說：

「殺子！能夠得到王妃的賞賜可是至高無上的榮譽啊！」

「嗯！有這麼多人願意對我好，我覺得好幸福！」

看著他們兩個開開心心地交談，王妃瞇起眼睛對我說：

「她是個真誠的好孩子呢。」

「嗯，她非常乖！」

「就好像……沒事……」

王妃微笑著靜靜搖了搖頭，我想她或許是回想起了年幼的緹雅娜公主。

……要是我告訴王妃我就是緹雅娜公主的轉世，王妃會相信我嗎？王妃既然能夠接納殺子，想必也會相信我吧？可是……

「話說回來，勇者大人還在賈爾巴諾嗎？」

「是、是的！沒、沒錯！」

王妃突然跟我說話，害我嚇到破音。

「勇者大人連續好幾天沒休息了，他不要緊嗎？」

「沒事啦！畢竟他是聖哉呀！」

王妃很擔心，可是我一點也不擔心，因為我知道不眠不休地進行準備對那個勇者來說才是正常。

『嘶嘶嘶嘶嘶～』

「啊，說曹操，曹操的土蛇電話就到。」

我從胸前拿出土蛇，放到耳邊。

『莉絲妲，我要回塔瑪因一趟，幫我開門。』

「了解。」

我按照聖哉的吩咐開啟傳送門，門馬上被打開，聖哉走了出來。

「要塞的情況怎麼樣？」

「嗯，今天總算大功告成。」

前幾天，看到賈爾巴諾南邊構築起來的要塞的時候，我與姜德都震驚得啞口無言。聖哉在廣大的土地四周築起岩石壁壘，再布署大量的魔巨像，中央則是聳立著一座難以想像僅僅出自一人之手的堅固堡壘。

雖然我們先行返回了塔瑪因，只留下聖哉去更進一步地強化四周的岩石壁壘，但我認為當時的要塞已經能算完工了。聖哉所謂的「大功告成」，恐怕是指百分之一百二十以上的完成度吧。

聖哉的視線停留在王妃身上，然後大步大步地走近她。

「怨皇瑟蕾莫妮可來襲的時候，可以把這隻不死者借我嗎？」

看到聖哉指著姜德，我不禁嚇到跳起來。

「咦咦咦？聖哉你居然要帶著別人一起去？」

「喔～這樣啊？你需要我的力量嗎？這個嘛，只要王妃同意就沒有問題。」

聖哉無視明明很想去卻又嘴硬不肯承認的姜德，向我與王妃解釋。

「這傢伙是不死者，原本就是受到詛咒的東西，不必擔心他再被詛咒一次。假使他真的被詛咒或是失去行動能力了，說到底也不過就是一隻殭屍，死在哪裡都沒差。」

聽到事情真相，姜德提高嗓門大吼：

「這種話你怎麼好意思當著本人的面說出來！」

「就是說呀！好歹等姜德不在場的時候再說吧！」

「不不不，不在場的時候也不應該說吧！你們真的太差勁了……王妃您也說幾句話啊！」

「我才不管死人的事情呢，隨便你要帶走還是做什麼都沒關係。」

「！怎麼連王妃您都這樣！太過分了！」

聖哉也許是認真的，但是我與殺子從王妃壞心的表情看出她只是在開玩笑，都呵呵呵地笑了。

——話說回來，「怨皇瑟蕾莫妮可」呀……難道她會帶著詛咒系的怪物軍團攻過來嗎？總覺得好恐怖、好討厭喔……

相較於我，決定與聖哉同行的姜德則是叫來了在門口護衛的部下。

「我要做好準備，以便隨時出發。去我的房間把鎧甲拿過來。」

「是！」

士兵精神抖擻地敬了禮之後，準備前往姜德的房間，不過聖哉叫住了對方。

「鎧甲不是重點，你去準備紅茶，要是這傢伙飄出殭屍的臭味我就潑他。」

「是！」

「！不不不，你『是』個頭啦！你到底是誰的部下啊！跟紅茶比起來，肯定是鎧甲比較重要吧！」

就在姜德喋喋不休地教訓部下的時候，我突然發現聖哉在看著殺子。

「喂，那個是……什麼東西？」

「嗯？是小殺呀？」

由於小殺披著王妃送給她的斗篷，遠遠看去就好像是在斗篷底下裝備著鎧甲的人類一樣。我正高興著『聖哉一定沒有認出她』，但聖哉卻不是那個意思。

「幹嘛做那種事？用我的變形術把她變成人類不就好了？」

啊，對耶！只要用聖哉的力量把她變成女孩子的模樣就好了嘛！我為什麼沒有發現呀！

得知我特意送她花飾、王妃送她斗篷其實沒有意義，我很失落，但是殺子卻沒有答應聖哉的提議。

「那個，我……想要盡量保持現在這個樣子，因為這就是現在的我……」

沉默了一會兒之後，聖哉低聲說：

「隨便妳。」

「對、對不起，講這種自以為是的話……」

「既然是妳自己的決定，那就算了。」

就在氣氛變得有點沉重的時候，我覺得聖哉的身體好像不穩地晃了一下。

「咦？聖哉先生？」

不只是我，就連殺子也察覺到他的不對勁。

「你、你沒事吧，聖哉？你剛才是不是晃了一下？」

然而——

『嘶～嘶～嘶～嘶～！』

聖哉的胸口突然響起有別於土蛇電話的警報聲！這個聲音跟以前機皇軍團來襲的時候響起的警報聲一模一樣！

聖哉從鎧甲中拿出來的土蛇一邊抖動一邊發出聲音，看來它還附帶振動功能。想必是因為這條土蛇，才讓聖哉看起來好像晃了一下。

「聖哉！塔瑪因出了什麼事嗎？」

「沒事，電話是監視拉多拉爾大陸南部沿岸的土蛇打來的。」

「那、那麼說，難道是瑟蕾莫妮可的大軍渡海了？」

「有這個可能性，等我一下。」

聖哉閉上雙眼，看來是在連結自己與土蛇的眼睛。過了一會兒之後，他開口說：

「沿岸有條小船正在接近，船上有一個人影。」

「那、那真的是瑟蕾莫妮可嗎？」

「不知道。」

聽到我們的對話，王妃歪著頭道：

「支配了大陸的強大魔物會划著小船過來嗎？既然要進攻，怎麼不是帶著大批魔物過來呢？」

「嗯，我也是這麼想，所以才築起堅固的要塞。只不過，也不能斷定那並不是瑟蕾莫妮可。」

「喂，勇者，那傢伙長什麼樣子？」

「不知道。」

「為什麼你的資訊從剛才開始就都不清不楚的啊？距離太遠看不見嗎？」

只見聖哉皺起了眉頭。

「因為我不想看得太清楚。要是一看就遭到詛咒，被變成石頭就糟糕了。」

「不、不不不不，聖哉，就算那真的是瑟蕾莫妮可，也不致於只看一眼就被詛咒吧？」

我雖然是笑著這麼說的，聖哉卻很認真。

「在我原本的世界裡，有一張看了就會被詛咒的影片放在出租店裡供人租借。所以我們應該把詛咒會在看清對方的瞬間發動的可能列入考量。」

不不不，那是假的吧……出租店裡怎麼可能真的會有看了就會被詛咒的影片啊……但是這句話我說不出口，只好默默地點了點頭。

「總之，為了安全地分析對方，我要前往要塞。莉絲妲，開門。」

我並不認為那就是瑟蕾莫妮可，但是對方的確很可疑，於是我依照聖哉的指示開門，然後看著殺子問：

「吶，小殺妳呢？妳也可以留在這裡喔？」

「我、我也是大家的夥伴！我要一起去！」

殺子在胸前握緊了雙手，於是我點了點頭，王妃則是微微一笑。

「不用擔心塔瑪因，這裡有很多魔巨像，牆外還有巨大的女神大人在守護著我們。」

「我知道了！那我們走了！」

「那只是個塊頭比較大的廢物而已。」

「！不准說她是廢物！」

聖哉緩緩打開我依照他的指示開在要塞內部的門，我、姜德與殺子也跟了上去。我們跟在聖哉身後，走在岩壁打造而成，宛如地牢的走道上。

「喂，沒有路了。」

看著出現在眼前的岩壁，姜德這麼說。就在那個瞬間，我們的腳下狠狠一晃。

「怎、怎麼了？」

身體突然出現了一股飄浮般的感覺！視野在上下搖晃！這個情況在持續了一會兒之後戛然而止。

「聖哉！剛才那是怎麼回事？」

「類似電梯的東西。我們現在在要塞的地底下。」

「你說地底下？」

從旁觀者的角度看起來，聖哉建造的要塞已經足夠堅固，具備充分的防禦力了，結果他卻說他還在要塞的地底下準備了避難所嗎？我以為我對聖哉的謹慎作風已經習以為常了，卻還是不由得再次感到震驚。

聖哉不理會愣住的我們，自顧自地走過地下通道。不久之後，一扇木門出現在我們的眼前。

走進裡面之後，我又再度感到驚愕。

在魔光石照亮的寬敞室內，排列著無數裝了水的桶子，桶子裡分別映照出海洋、平地、要塞四周等各式各樣的地點。除此之外，在距離我們稍遠的地方，有一區石頭打造的平臺，上面插著好幾條疑似麥克風的土蛇。這裡是機皇戰的監控室的升級版，活像間司令室。

「……嗯。」

聖哉凝視著其中一個桶子，皺起了眉頭。我也看了看那條土蛇攝影機拍下的影像，然後倒抽了一口涼氣。

「小、小船是空的……？」

只見土蛇拍下的畫面上，是一艘被打上岸的無人小船。

——小船上的人……已經登陸拉多拉爾大陸了！

「奇怪了，雖然我沒有明確地看清對方，但是應該有讓土蛇持續監視著不中斷才對。」

「聖、聖哉！那個傢伙跑到哪裡去了？」

「用不著擔心，我布署了無數條土蛇，馬上就能把對方找出來。」

然後聖哉瞥了姜德一眼。

「姜德，輪到你出場了。」

「好、好！」

看到姜德拿著劍站起來，聖哉制止他。

「你在做什麼？」

「咦？不是要去擊退敵人嗎？」

「不是，你的工作是看著土蛇螢幕上拍到的傢伙。」

「！就這樣嗎？」

「除了詛咒的影像之外，說不定還會有詛咒的聲音，會有聽到聲音就被詛咒的危險，所以先由你這個不死者來試看試聽一下。」

「原來我負責試毒嗎……！」

「叫你看你就看。是這個桶子，那傢伙接近土蛇攝影機了。」

姜德納悶地往桶子看去，然後緩緩地組織著語言說：

「……對方正朝著要塞走過來，穿著打扮看起來像是人類女性……可是有……兩張臉。」

姜德的聲音一開始還帶著不滿，後來漸漸嚴肅了起來。

「我從來沒看過那種怪物，那傢伙恐怕就是怨皇瑟蕾莫妮可了。」

「你怎麼知道？你應該不會能力透視吧？我也進行過很多調查，但是關於怨皇瑟蕾莫妮可的情報很少，照理來說應該沒辦法從外表判斷她的身分。」

「不，那就是瑟蕾莫妮可。她散發出來的氣息比我在任何戰場上遇過的怪物都更加不祥，而且她經過的地方，草都枯萎了。」

即使經常被聖哉鄙視，姜德依舊是身經百戰的將軍，他說的話聽起來好像是真的。

「……那她的情況怎麼樣？」

「她好像在自言自語，可是說的話毫無邏輯，不知所云。」

聖哉等了一會兒之後，點頭道：

「很好，看來聽到她的聲音、看到她的身影也不會發動詛咒。姜德，你可以回去了。」

「！我才不回去呢！你開什麼玩笑！」

聖哉把氣憤的姜德推開，往桶子裡面看去，我跟殺子也從他背後戰戰兢兢地往桶子裡看。

只見一名穿著髒兮兮的洋裝，拖著長長的裙襬走著路的女人映入了眼簾，隔壁的桶子裡則是拍到了她的特寫。她是個披散著一頭凌亂黑色長髮的女人——另一邊則是同樣一頭黑髮，卻整整齊齊地將頭髮盤好束起的女人！跟姜德說的一樣，她只有一具身體，卻有兩張臉！

披頭散髮的黑髮女人尖叫道：

「明明就是莫妮卡姊姊妳做的！」

頭髮盤起的女人則用沉穩的聲音回答：

「不是我，瑟蕾娜，是妳做的。我只是把夏娜可的眼睛戳爛而已。」

「我也只是把夏娜可的鼻子打斷而已啊！」

她、她們好像在爭執著什麼很恐怖的事情……！讓人好不舒服……！

「瑟蕾娜，比起死去的夏娜可，現在更重要的是勇者。聽說獸皇葛蘭多雷翁與機皇歐克賽利歐都被打倒了，輕敵可是大忌喔。」

「有什麼關係！我說呀，勇者那個傢伙會不會嚇一跳呀？畢竟只有我們自己過來而已。」

「因為真正的強者都是獨來獨往呀。可是瑟蕾娜，姑且不論勇者會不會嚇一跳……」

下一秒，其中一顆頭瞪大了眼睛，穿過螢幕跟我對上了視線！

「他都已經聽到我們的對話了喲。」

我發著抖搖了搖聖哉的身體。

「聖、聖、聖哉！我們被發現了！」

「嗯，我移動一下土蛇的位置吧。雖然是特寫，但是這條土蛇攝影機跟她的距離實際上有三十公尺以上。」

「原、原來離得那麼遠喔！真是高性能的攝影機耶！」

然而，打算對土蛇下達指示的聖哉，動作突然僵住了。

「……唔，好快。」

「咦？」

就在我反問的時候，土蛇螢幕上已經映照出一顆巨大又混濁的眼睛！

「呀啊！」

「噫！」

殺子與我都嚇到摔了一跤！對方好像把眼睛從攝影機前面挪開了一點，桶子螢幕上面出現了兩顆腦袋，髮型一絲不苟的女人與披頭散髮的女人交互著開口說：

「初次見面，勇者大人，我是怨皇瑟蕾莫妮可。」

「嘎呀！莫妮卡姊姊彬彬有禮的，討厭死了！是我喲，我就是怨皇瑟蕾莫妮可喲！」

兩顆腦袋咯咯咯地笑了。

「從現在起，我將為我的妹妹夏娜可報仇。」

「我要咒殺你喲～你就痛苦地痛苦地痛苦不堪地……去死吧！」

第四十二章　謹慎的指示書

我們觀看的桶中影像突然變為了一堆雜訊，恐怕是因為瑟蕾莫妮可破壞了身為攝影機的土蛇吧。即使如此，聖哉放出去的土蛇數以萬計，隔壁的桶子裡從其他角度映照出了瑟蕾莫妮可悠然漫步的身影。

殺子抓住我的洋裝衣襬，擔心地問我：

「她、她剛才說要幫妹妹報仇對不對？那是什麼意思？」

「說不定，是我跟聖哉來到伊克斯佛利亞之後，打倒的魔物裡面有瑟蕾莫妮可的妹妹……」

可是聖哉打倒的主要都只有獸人與殺人機器呀？不對……難道瑟蕾莫妮可的妹妹是在聖哉上次攻略伊克斯佛利亞的時候，被當時那個瞻前不顧後的聖哉打倒的嗎……？

我與殺子思索著瑟蕾莫妮可的一舉一動，但是聖哉想的似乎是跟我們完全不一樣的事情，他用看著無聊東西的眼神看著我說：

「那種事情根本不是重點，重點是，莉絲妲，妳看得出那傢伙的能力值嗎？」

「咦！能力值？」

聽聖哉這麼一說，我試著對土蛇螢幕上映照出來的瑟蕾莫妮可發動能力透視，卻沒有顯示出她的數值。

「沒、沒辦法！看不到！」

「果然是這樣嗎？我也試過了，卻看不到那傢伙的能力值。也罷，可能的原因有很多，或許是因為她距離這裡太遠，也或許是因為經由土蛇攝影機的影像而沒辦法看見。除此之外，也有可能是因為她發動了偽裝技能，或是因為她身上散發出來的詛咒怨氣所致。」

無論原因為何，不曉得對手的能力都是一件讓人心裡發毛的事情，更何況還有瑟蕾莫妮可那令人心生恐懼的外表。看到邊走邊笑的雙頭怪物，殺子更用力地抓緊了我的洋裝。

我提高音量，試圖激勵殺子還有我自己。

「瑟、瑟蕾莫妮可只有一個人！而且聖哉！要塞附近還有很多魔巨像對不對？」

「嗯，我大約布署了兩千隻。」

聖哉指著的水桶螢幕以廣角映照出要塞正面，螢幕上可以看到魔巨像們列隊將要塞團團包圍的英姿。看到這個景象，我與殺子都感到一陣安心。

然而，瑟蕾莫妮可卻魯莽地一個人往魔巨像守衛的要塞前進，雙頭之中那顆披頭散髮的頭顱露出一臉傻眼的表情。

「好多魔巨像喔，有必要準備這麼多嗎？這個勇者到底是有多膽小啊？」

「這個嘛，我倒是覺得挺光榮的，因為這代表他認為怨皇瑟蕾莫妮可的威脅性就是有這麼大呀。只不過……真是過意不去，我們沒有必要特地去戰鬥喲。」

「對啊，不管有幾千隻都沒差～」

然後，兩顆頭顱同時開口說：

「「無聲縮地（Stealth Step）。」」

那瞬間，我眨了眨眼睛，因為瑟蕾莫妮可突然從螢幕上消失了！不管我再重看幾次，螢幕上都只有要塞與魔巨像們！

「……在那裡。」

聖哉抬了抬下巴，指向某個位置比較遠的桶子。只見以俯瞰的角度拍攝的土蛇攝影機拍到的影像上，出現了瑟蕾莫妮可站在要塞入口前的身影。

看到這一幕，我與姜德都驚愕不已。

「不、不會吧……！她是什麼時候？」

「怎麼可能！她是怎麼通過魔巨像的守備的？」

披頭散髮的女人發現了架設在要塞入口上方的土蛇攝影機，於是對著攝影機鏡頭說：

「呀嘻！你們看到了嗎？我們要用這招瞬間移動割斷你們的喉嚨喲～！」

「哎呀，瑟蕾娜，妳怎麼把我們能力的祕密說出來了呢？」

「啊啊，抱歉！」

「沒關係啦，反正他們即使知道，也沒辦法防範呀。」

聽到瑟蕾莫妮可姊妹的對話，我寒毛直豎。

「瞬間移動……那、那是不是代表她們或許也可以突然瞬間移動到這裡來？」

待在堅固的要塞裡面原本令我感到很安心，現在卻突然冒出一股被人拿刀抵在背後的感覺。

姜德拔出劍來，我與殺子則是害怕地東張西望，擔心瑟蕾莫妮可不知道什麼時候會冒出來。

只有聖哉一個人仍舊平心靜氣。

「冷靜一點，雖然她可以瞬間移動，但並不是『想去哪裡就去哪裡』。要是她想去哪裡就去哪裡的話，還在塔瑪因的時候，她甚至可以突然移動到我與莉絲妲的身邊，更不必搭船渡海登陸了。她的移動能力應該是有限制的。」

「限制？」

「我能推測出幾個可能，比方說，她只能在地表相連的地方移動……或是只能在視野所及的範圍內移動……不知道她是在空間之間跳躍還是以接近光速的速度移動，方法不同，因應辦法也會有所不同。」

聖哉雙手抱胸，用鼻子哼了一聲。

「反正都在我的預料之內，沒有問題。」

我、殺子還有姜德面面相覷，過了一會兒，姜德「哈哈」一聲放鬆嘴角笑了，收劍入鞘。緊繃的空氣漸漸和緩下來。

……瑟蕾莫妮可有令人發毛的外貌、言行，還有瞬間移動的能力。一般來說，在這個狀況下即使陷入恐慌也不足為奇，但是聖哉卻依舊不為所動。

我摸不透怨皇瑟蕾莫妮可的底細，但是這個勇者在這一方面也不會輸給她。

「這就叫做自取滅亡，我要讓她徹底體會這座要塞的實力。」

看到聖哉信心滿滿地講出宛如敵方大魔王的台詞，我感到無比安心。

——就是說呀！無論是什麼樣的敵人聖哉都可以搞定！而且，萬一對方真的入侵到這個地方來，聖哉也會用狀態狂戰士·第二·七階段秒殺她！沒什麼好怕的！

就在這個時候。

『噗通————————！』

突然響起一聲巨響。

我看向聲音傳來的方向，只見聖哉把臉埋進土蛇螢幕的水桶裡面。

「……啥？」

我傻眼地「啥」了一聲，但是聖哉依舊把整張臉埋在桶子裡面一動也不動，場面有如搞笑喜劇中的情景。

「喂、喂……這到底是在開什麼玩笑？」

「嗯……聖哉，你在做什麼呀？」

我與姜德都完全搞不清楚狀況，只有殺子跑到聖哉身邊搖了搖他的身體。

「聖哉先生！聖哉先生！請您振作一點！」

「不不不，小殺，妳搞錯了啦，聖哉他怎麼可能倒下呢。」

可是即使殺子抱起他的身體，聖哉依舊緊閉著雙眼，無力地癱軟在原地。殺子用手摸了摸倒在地上的聖哉的胸口和臉。

「他還有呼吸！也還有心跳！可是卻沒有意識！」

我對拚命的殺子笑了笑，說：

「沒事啦，沒事！反正他一定又在演戲了！就像對戰歐克賽利歐的時候一樣！」

「唔，不知道他這次又在打什麼算盤。喂，勇者……你差不多該起來了吧？」

可是聖哉依舊緊閉著眼睛。殺子拉了拉我的洋裝說：

「莉絲妲小姐，莉絲妲小姐！請快點確認聖哉先生的能力值！」

在殺子的催促之下，我只好發動了能力透視……

龍宮院聖哉

職業：魔法戰士（土屬性）

Lv：99（MAX）

HP：321960　MP：88155

攻擊力：293412　防禦力：287644　速度：268875　魔力：58751

成長度：999（MAX）……

「果然，妳看吧！HP是全滿的……」

話說到一半，我突然一陣戰慄。

不、不對，等一下！為什麼我可以透視聖哉平時用偽裝技能遮住的能力值？這、這個意思是，他真的……！

「不會吧，聖哉！」

我總算發現事態的嚴重性，跑到聖哉身旁抱起他。

「為什麼？怎麼會？之前從來沒有發生過這種事情呀！」

姜德也在我身旁臉色發青。

「這、這該不會是瑟蕾莫妮可的詛咒吧？跟勇者說的一樣，詛咒因為他看到了瑟蕾莫妮可的模樣而發動了嗎？」

「詛咒？可是，如果是詛咒的話，為什麼我們都沒事？」

就在我與姜德都驚慌失措地大聲嚷嚷的時候——

「……我想大概不是詛咒。」

殺子平靜的聲音在一旁響起。我深深地吐出一口氣之後，詢問殺子：

「那、那妳覺得聖哉為什麼會倒下呢？」

「因為他的心裡很痛苦，所以倒下了。」

「痛、痛苦？聖哉嗎？」

「對……是的……」

殺子溫柔地摸了摸聖哉充滿光澤的黑髮。

「我想聖哉先生他一直獨自忍耐到了現在，聖哉先生他……不管是在回到神界之後，還是在巴拉庫達大陸看到大量的人骨的時候，都一直很痛苦……不對，更確切地說，打從我第一次遇到聖哉先生的時候開始，他就……」

「小殺，妳……？」

為什麼身為機械的殺子會知道這種事情……就在我這麼想的瞬間，從桶子裡傳來了一陣不祥的聲音。

「『咒縛掌（Grudge Hand）！』」

伴隨著重合的兩道聲音，螢幕上同時出現了用右手手掌按住魔巨像的瑟蕾莫妮可！只見她的手輕輕一碰，魔巨像便瞬間化為砂土！即使又有另外三隻魔巨像從四面八方衝上來，被瑟蕾莫妮可的手一碰，同樣也化為一片砂土！將守衛要塞入口的魔巨像掃蕩乾淨之後，瑟蕾莫妮可咯咯咯地笑了。

「一點打倒的價值都沒有耶～如果是人類的話還比較有趣，因為人類會四肢四分五裂地噴出血來～」

「沒關係啦，瑟蕾娜，我們馬上就能看到勇者等人哭叫著死去的可憐模樣了……」

唔唔！這個難以捉摸的敵人讓人好不舒服！沒有聖哉的話，沒有人拿這種怪物有辦法呀！

「我開個門！我們先帶著聖哉暫時撤退回神界！姜德！你幫我揹著聖哉！」

「好！」

我叫出通往神界的傳送門，急急忙忙地打開門之後……下一秒，我愣住了。門被一堵白色的牆壁堵住了。

「這、這是……咒縛之球的力量……！」

怎麼會這樣！瑟蕾莫妮可也像葛蘭多雷翁一樣，把咒縛之球放在自己的體內嗎？意思就是說……只要我們人在瑟蕾莫妮可附近，就沒辦法回神界了！

「女神！既然回不了神界，那我們要不要先回塔瑪因？說不定只要讓勇者休息一下他就會恢復了！雖然不甘心，但是如果沒有這個傢伙的力量，我們根本無可奈何！」

「喔、喔……」

我又接著打開通往塔瑪因的傳送門，在葛蘭多雷翁的那個時候，我們雖然回不了神界，卻可以在大陸之間移動。但是……打開門的同時，我的身體也跟著一震！因為我的眼前還是一樣出現了白色的牆壁！

「唔……沒辦法逃離這個地方嗎……！」

姜德在說不出話來的我身旁忿忿地低聲說道。然後他重新轉向倒地的聖哉，搖著他的肩膀。

「喂！起來！你給我起來！」

「不、不可以這樣！姜德先生！現在應該讓聖哉先生安靜地休養！」

「現在可沒辦法那麼悠哉了！」

姜德指著桶子，只見瑟蕾莫妮可歪著腦袋，站在我們剛才看過的地方。

「莫妮卡姊姊，我們好像走到盡頭了耶。」

！那、那裡是我們下來這座地下司令室的地方！她們居然這麼快就來到那個地方了！

她們顯然使用了瞬間移動的能力，這點無庸置疑。我默默地望著天花板上的岩壁，瑟蕾莫妮可說不定就在上面幾公尺的地方！

我們一動也不敢動，來回看著天花板與水桶螢幕，大氣也不敢喘一口。過了一會兒之後，瑟蕾莫妮可離開了剛才所在的地方。

就在我鬆了一口氣的那一剎那，桶子裡傳來瑟蕾莫妮可姊姊的聲音。

「瑟蕾娜，這裡有條通往地下的階梯呢。」

然後瑟蕾莫妮可便朝著階梯走去，途中發現了架設在走道上的土蛇攝影機，於是披頭散髮的妹妹吐出了長長的舌頭。

「我們要過去嘍～洗好脖子等著喲！呀嘻！要對你們下什麼詛咒好呢～？」

「讓人活生生地流乾全身血液的詛咒怎麼樣？」

「從腳底開始漸漸腐爛的詛咒也不錯！那樣一定會很痛苦吧～」

在瑟蕾莫妮可從架設的攝影機影像中消失的同時，姜德焦急地開口說：

「這下糟糕了！通往地下的階梯被發現了！她們馬上就要到這裡來了！」

「到、到底該怎麼辦才好……！」

我全身冒汗，呼吸急促了起來！要是在這種狀態下被找到就完蛋了！我們會連同聖哉一起全軍覆沒的！

——話雖然是這麼說，可是我們又沒辦法逃跑……啊啊啊啊啊啊！該怎麼辦才好啦啊啊啊啊啊啊啊！

正當我陷入恐慌的時候——

『嘶～』

突然有什麼細長的東西從地底竄到了我的面前！

「呀啊啊啊啊啊啊啊！瑟蕾莫妮可啊啊啊啊啊啊！」

「冷、冷靜一點，莉絲妲小姐！這是聖哉先生的土蛇！」

「咦……？啊……真的耶……」

「它的嘴裡好像啣著什麼東西。」

正如姜德所言，土蛇把疑似草紙的東西遞給我。

「咦……」

草紙上頭寫著以下的文字：

『莉絲妲，當妳看到這個的時候，代表我在攻略怨皇瑟蕾莫妮可的過程中發生了什麼意外。雖然不願意這麼想，但也無法否定我已經死亡的可能性。』

姜德與殺子也從我的背後探頭看著文章，姜德壓低了聲音說：

「這、這是什麼？難不成是……遺書嗎？」

「不，可是聖哉還活著呀……！」

有些人會在死前留下遺書，順便一提，我是屬於不太在意身後之事的類型……不、不對，這種事情不重要啦！繼續看下去吧！

『我認為自己平時就很注重健康管理，但是仍然會有突發急病、自然災害或意外事故等不易防範的情況。這封信正是為了面臨這類情況的時候而留。』

姜德在我耳邊大聲叫道：

「我們現在沒有時間悠悠哉哉地看信了吧！瑟蕾莫妮可現在正順著階梯往地底下走啊！」

「等、等一下，姜德！喏，你看看這裡！」

『說不定瑟蕾莫妮可現在已經攻入要塞，正朝著你們所在的司令室前進。即使如此，你們還是要繼續看完這篇文章。』

「完全被他猜中了！怎麼這麼恐怖！」

「總、總而言之，莉絲姐小姐！我們繼續看下去吧！」

『瑟蕾莫妮可以為自己正在把對方逼入絕境，卻沒發現其實是她自己陷入了絕境。你們聽好了，這座要塞本身就是一個巨大的陷阱，想要擊退大量的魔巨像，抵達要塞內的地下階梯……若不是強大的怪物絕對做不到。意思就是說，我設下了陷阱，就算是能夠走下那條階梯的強大怪物也會被封鎖得體無完膚。瑟蕾莫妮可正走在通往地獄的階梯上，那是運用土系魔法建造，足足有地下三十層的迷宮入口。』

「咦……地下……三十層……？」

我、姜德與殺子都不禁抬頭看向天花板。

我還以為瑟蕾莫妮可馬上就要到附近來了！結果我們目前所在的這個地方，居然是又長又深的地下迷宮的最下層！

『我想我真的死亡的機率很低，但是無論如何，眼下我因為某種原因而陷入了無法行動的狀態。即使如此，我依舊敢斷言，只要你們確實地遵照我的指示採取行動，只靠你們也可以確實地解決掉怨皇瑟蕾莫妮可。』

草紙最後宛如簽名一般地寫著一句話。

『一切準備就緒。』

……我從草紙移開目光，看向倒在身旁的聖哉。

不，那個……你都倒下了，卻還說「一切準備就緒（Ready perfectly）」，這樣不是很奇怪嗎……？

雖然我霎時有這種感覺，但是——

「莉絲妲小姐！您快看那個！」

看向骰子所指的方向，我大吃一驚。

只見無數土蛇螢幕上所顯示的要塞周遭的影像，全部變成了地下迷宮內部的影像！除此之外，遠處那個用石頭打造而成的平臺上，還出現了之前沒有的突起物，看起來就像按鈕一樣！

「變成地下迷宮用的司令室了……！」

姜德表情複雜地雙手抱胸說：

「現在我知道我們位在地下三十層的迷宮最下層，沒有立即的危險了。可是，紙上雖然寫著『只要遵照指示行動就能解決瑟蕾莫妮可』，但是勇者現在倒下了，我們是要怎麼遵照他的指示行動？」

話一說完，啣來信件的土蛇好像聽得懂姜德所說的話一樣鑽入地底，經過幾秒鐘之後，這次是用身體帶著疑似卷軸的東西鑽了出來。

「這、這就是指示？」

就在我打算伸手去拿的那一剎那，幾十條同樣帶著卷軸的土蛇同時從地底湧了出來！

「嗚哇哇哇哇！」

在我嚇得跌了一跤的時候，土蛇們把帶來的卷軸統統聚集到同一個地方，等我回過神來，才發現卷軸已經堆成了一座小山。

「不會吧！這些全部都是指示書嗎？」

姜德對著指示書那驚人的量發出大叫，我也與他同感。話說回來，他是什麼時候寫好這麼大量的指示書的啊？平時一直在做這種事情，難怪會因為勞心勞力而倒下啊！

我對倒下的聖哉翻了個白眼，卻還是接過一條土蛇遞給我的卷軸。卷軸裡寫著這麼一段話：

『如果我死了就翻到１０８頁，沒死就翻到２６６頁。』

「這、這是什麼呀！怎麼跟遊戲書（GAME BOOK）一樣！」

「遊戲書？女神！那、那是什麼東西？」

「是聖哉的世界曾經風靡一時的書啦！文章的途中會出現選項，讀者再配合選項翻頁閱讀！雖然在有聲小說系冒險遊戲的電視遊樂器登場之後，遊戲書就完全廢掉了！」

「！不不不，完全聽不懂妳在說什麼啦！」

「！明明就是你自己要問我的！」

「等、等等，請兩位都冷靜一點！總之我們先按照聖哉先生的指示翻頁吧！」

「聖哉還活著，所以是２６６頁……要從這裡面找嗎？」

就在我看著大量的卷軸心生厭煩的時候，一條土蛇「嘶～」地叫了一聲鑽進卷軸山裡。不久之後，它拿出一卷卷軸並且打開來給我看，紙頁下方寫著「２６６」。

啊，只要說出頁數，土蛇就會幫忙拿過來給我看了耶！真方便。

我接受這樣的安排，繼續讀下去。

『就算我沒死，你們也要拋棄【等我恢復意識】這種天真的想法。最糟糕的情況，是我有可能就此一睡不起，你們必須確實地做好由你們自己打倒怨皇瑟蕾莫妮可的心理準備。反正接下來的指示就連比猴子還笨的生物都能看得懂，你們就放心吧。』

說我們比猴子還笨未免太失禮了吧……！

『那麼，先簡單說明一下這座迷宮。地下一樓到五樓是沒有陷阱的迷宮構造，用來爭取時間，好讓你們趁著這段時間熟悉迷宮的系統。從現在開始，你們要仔細閱讀土蛇拿來的指南，並且回答問題。』

我與殺子乖乖地收下土蛇遞過來的卷軸，姜德卻往排列得井然有序的桶子螢幕走去。

「姜德？」

「就算這傢伙是再怎麼有先見之明的勇者，也無法預知一切的行動。更何況，這些卷軸是勇者在遇到瑟蕾莫妮可之前寫下來的吧？這種東西靠不住，我去監視瑟蕾莫妮可的行動。」

「可、可是，姜德先生！請您看看這個！上面寫著『要是瑟蕾莫妮可有瞬間移動技能就翻到341頁』！」

「怎、怎麼可能！他為什麼會知道！」

「他一定是在遇到瑟蕾莫妮可之前就考慮過各種可能性了！這很像是富有先見之明的聖哉先生的作風呢。啊，其他還有這些！要是瑟蕾莫妮可是獸人屬性的話就翻到2687頁，要是吸血鬼屬性的話就翻到4743頁，還有……有了！要是有兩顆頭的話就翻到7878頁！」

「！到底為什麼會寫到那種東西啊！那已經不是先見之明的問題了吧！」

「真是的！姜德你好吵！你不看的話就到那邊去監視瑟蕾莫妮可啦！」

在那之後，我與殺子看著指南，照著聖哉的問題選擇選項前進，但是……不久之後，姜德高聲大叫道：

「喂！瑟蕾莫妮可走到地下六樓了！這個傢伙居然這麼快就通過了迷宮！」

比預料中還快很多，想必她一定使用了瞬間移動能力。但是我與殺子這個時候也也經把指南看完了。

我再度走到姜德身旁望向桶子，從由上往下拍的監視器螢幕上看起來，地下六樓相較於先前複雜得像迷宮一樣的樓層，只有一條簡單的通道，只要轉兩個彎就可以抵達通往下一層的樓梯。

雙頭之中，披頭散髮的瑟蕾娜打了個哈欠說：

「剛才那迷宮好長呀～」

她隔壁的頭顱，身為姊姊的莫妮卡回應道：

「雖然用瞬間移動一下子就通過了……哎呀？這是什麼聲音？」

就在瑟蕾莫妮可走到轉角的瞬間，她發現前方有一顆巨大的岩石滾了過來！但是她絲毫不為所動！

「呿，前面有巨石陷阱耶。怎麼辦？通道被滾過來的岩石堵住，看不見前面了～這樣就不能瞬間移動到前面去了～」

聽到瑟蕾娜這麼說之後，我確定了一件事。

——意思就是說，瑟蕾莫妮可的瞬間移動正如聖哉推測的一樣，「只能移動到視野所及的地方」！

瑟蕾莫妮可轉身向後，原本想要先往後逃，卻發現後方也有巨石滾滾而來！

「好啊！用兩顆巨岩前後夾擊！她要被壓扁了！」

姜德欣喜地說，但是——

「瑟蕾娜，上面。以這顆岩石的直徑，我們閃得過去。」

我還以為她們消失了……卻發現瑟蕾莫妮可緊緊地貼在通道的天花板上。

「唔……被她們閃過去了！」

「好、好像蜘蛛一樣……！」

兩顆巨石沒能壓扁瑟蕾莫妮可，只在互相撞上之後停了下來。姜德咂舌，瑟蕾莫妮可的兩顆頭顱則笑了。然而，我在那一瞬間按下了平臺上的按鈕。

『轟隆隆隆隆隆隆！』

姜德被一陣巨大的爆炸聲嚇得身體一抖，只見桶子裡的影像因為煙霧變得一片白茫茫。

「剛、剛才那是怎麼回事？」

「是聖哉的指示呀！指示寫著『要是她躲過滾來的石頭就按下按鈕』，那兩顆岩石是可以遠程操控的炸彈石。」

「居然以會被閃過為前提用炸彈石進行爆破……太下流了……！」

不同角度的土蛇攝影機拍到洋裝因為爆炸而破掉的瑟蕾莫妮可，瑟蕾娜慘叫道：

「好痛……我的背好痛啊啊啊啊啊啊啊！」

「冷靜一點，瑟蕾娜，只是一點燒傷而已。」

「混、混帳東西……我不會放過你們的……！不管是勇者還是勇者的夥伴，我要把這片大陸上的人類全部殺光！」

瑟蕾娜惡狠狠地咒罵著，但是我因為太害怕了，所以刻意不去聽她在講什麼，同時詢問殺子：

「小殺，下一個指示是？」

「呃……是這個吧？『要是物理攻擊有效的話就翻到8193頁』……」

我看了看土蛇送來的新指示。

『接下來，我在地下七樓裡安排了會朝瑟蕾莫妮可發射箭矢的無數陷阱，在她瞬間移動到轉角的時候就是啟動的時機。我想她在發動下一次瞬間移動之前，應該需要一點技能冷卻的時間。你們就算準那個時機，按下按鈕把她射成蜂窩。』

瑟蕾莫妮可從容不迫地走下通往地下的階梯，看來她背上的燒傷似乎不是太嚴重的傷勢。

……然後她抵達了地下七樓。瑟蕾莫妮可的眼前出現了東凸一塊、西凸一塊的地面，上面明顯設有陷阱。

瑟蕾莫妮可用瞬間移動抄近路跳過了那塊區域，然後現身於視野中的那個轉角。只不過，當她轉過彎走了幾步之後，原本神情從容不迫的瑟蕾莫妮可臉色變了！因為通道的牆壁上突然出現了一個個小洞。

我依照聖哉的指示按下按鈕，一按下去之後，無數個小洞朝著瑟蕾莫妮可發射出箭矢！箭如雨下，從前後左右發射而來，讓她無處可逃！

就跟聖哉預料的一樣，瑟蕾莫妮可需要間隔一點時間才能再次使用瞬間移動，所以她只能交叉雙臂，護住頭部。

……本來以為她會被射成蜂窩的，結果在箭雨結束之後，瑟蕾莫妮可依舊屹立在原地，腳下的斷箭積成一座小山。

——唔唔！她的防禦力太高，箭矢沒辦法刺進她的身體裡！

瑟蕾娜往地上吐口水，說道：

「哼，一點擦傷而已。」

「不行喲，瑟蕾娜，箭上精心地塗上了毒藥，傷口必須立刻處理一下……」

「唔！那個混帳勇者……！」

過了一會兒之後，出現在地下八樓的瑟蕾莫妮可沒有使用瞬間移動，而是慢慢地一邊確認著有沒有陷阱一邊往前進。

我看了看聖哉的指示書。

『有了目前的經驗，瑟蕾莫妮可應該會一邊警戒著陷阱一邊前進，但是這層樓沒有任何的陷阱。』

提心吊膽地緩緩前進的莫妮卡，神情突然亮了起來。

「瑟蕾娜！看到階梯了！」

「啊啊！這層樓居然什麼都沒有～！真是的，簡直是整人——」

然而，就在她們踏上第一階，準備走下樓梯的那個瞬間——

「哇啊啊啊啊啊啊啊啊啊！」

瑟蕾莫妮可發出了慘叫！因為樓梯在她們沒注意到的時候冒出了彷彿刀山的針！

姜德毛骨悚然地低聲說：

「從地下八樓通往地下九樓的階梯居然有陷阱……！」

「這、這確實會讓人掉以輕心呢！」

「嗯……根據指示書的補充說明，那好像是『用白金之劍的材料打造而成，威力強大的針』……」

雙腳滴滴答答地流下烏黑的血，瑟蕾莫妮可滿臉怒容地大吼：

「這個混帳勇者啊啊啊啊啊啊啊啊啊啊！」

地下九樓也設下了各式各樣的陷阱。深坑……從牆壁裡刺出來的長槍……瑟蕾莫妮可好不容易躲開了那些陷阱，走到後來卻出現了死路。土牆上面裝飾著宛如畫框的東西，上頭寫著：

『早上四條腿……中午兩條腿……晚上三條腿……猜一種生物，請填入答案。』

畫框下方放著筆，瑟蕾莫妮可之中的妹妹瑟蕾娜歪著頭說：

「居然幹這種無聊的事情！不解開這道謎題，下一道階梯就不會出現嗎……這什麼鬼啊！看不懂啦！」

但是莫妮卡微微揚起了嘴角。

「我知道答案喔。」

「真的嗎？莫妮卡姊姊！」

「是呀，答案是——」

『轟隆隆隆隆隆隆隆！』

桶子裡再度響起爆炸聲！土蛇攝影機拍到的影像也一片混亂！

就在我心想：「發生了什麼事？」的時候，土蛇把一頁卷軸遞給我。

『九樓的最後是【會在敵人思考問題思考到一半的時候爆炸的陷阱】。順便一提，答案是【人類】，就這樣。』

我感到背後一陣惡寒。

「這、這是什麼不人道的陷阱啊！」

「對、對啊！製造者的性格之惡劣都從裡面流露出來了！」

然而，那個荒唐的陷阱效果奇佳，瑟蕾莫妮可的左手率先被炸沒了！

「我、我的手啊啊啊啊啊啊啊！」

我仔細一看，發現瑟蕾莫妮可背部燒傷、沒了左手、腳也負傷！根本是遍體鱗傷的狀態了！

「好耶！照這樣繼續下去，在她抵達地下三十樓之前就可以擊敗她了！」

我點頭認同姜德的發言。先前已經快速瀏覽過指南的我，知道從地下十樓之後，陷阱會變得更有殺傷力，而且更加陰險。

——真不愧是聖哉！即使倒下了，還是能夠保證「一切準備就緒」！看來，真的只靠我們就可以攻克瑟蕾莫妮可了呢！

……失去左手、氣喘吁吁的瑟蕾莫妮可面前的牆壁嘩啦啦地崩塌，出現了通往地下十樓的階梯。

看到階梯的那一剎那——

「嗯呵呵……哈哈哈哈……」

瑟蕾莫妮可當中的姊姊突然笑了起來。

「啊哈哈哈哈哈哈哈哈哈哈哈哈哈哈哈哈哈哈哈哈哈哈哈！」

「怎、怎麼了啊，莫妮卡姊姊？」

「太蠢了，太蠢了。根本沒必要繼續陪勇者玩這場遊戲……」

「可是，不順著這個階梯走下去，就沒辦法抵達那些傢伙所在的地方了呀？那些傢伙應該在最底層吧？」

「沒關係的，瑟蕾娜，我們不繼續下樓梯了。只不過……說得也是呢，要到勇者以逸待勞的最底層，我們需要新的力量。就像當初殘殺夭妹夏娜可獲得了新的力量那樣，對不對？」

瑟蕾莫妮可的右手一把抓住了瑟蕾娜的臉。

「妳、妳該不會是要？不會吧？莫妮卡姊姊！」

「瑟蕾娜，這次輪到妳犧牲了。」

「住、住手……呃、嗚、嗚哇啊啊啊啊啊啊啊啊啊啊啊啊啊啊！」

『噗嗤』一聲鈍響，瑟蕾娜的臉被捏爆了！她的鼻子歪掉、眼珠掉出來，模樣慘不忍睹。

「嗚、嗚哇……！她們內鬨了……？」

莫妮卡在變成一團爛泥的頭顱旁高聲大笑。

「啊哈哈哈哈哈哈！妹妹瑟蕾娜的恨意將會引領我怨皇瑟蕾莫妮可更上一層樓！只要你們透過土蛇看著我，我就能以此為點與你們相連！並且藉由這點微小的連繫抵達你們所在的最底層！」

然後，瑟蕾莫妮可伸出的手部特寫出現在我們監視著的土蛇螢幕上。

「……事、事情的發展是不是有點奇怪？」

就在姜德轉過頭來，低聲對我這麼說的瞬間——

「怎、怎麼會……！」

殺子發出了顫抖的聲音。只見殺子的視線前方，之前一直映照著瑟蕾莫妮可的桶子裡，居然伸出了一隻血淋淋的手！

周遭的空間劈哩啪啦地放著電形成扭曲，瑟蕾莫妮可硬生生地從桶子裡爬了出來！然後她一臉凶惡且扭曲地笑了！

「空間轉移的瞬間移動……『次元間縮地(Dimension Step)』……！」

殺子與姜德都不知所措地愣在原地。

「真可惜呢，你們精心設下的陷阱沒用了。」

我還來不及防備，瑟蕾莫妮可的手便抓住了我的臉。

「來吧！我要讓你們嘗嘗我所受到的百倍，不對，是千倍的痛苦，然後慢慢地死去……！」

死定了。只不過……就在那一瞬間，我的臉化為沙土嘩啦啦地消失了！而且不只臉部，我的身體也全部化成沙土當場崩塌！

「什、什麼……！」

瑟蕾莫妮可驚愕不已。一旁的姜德與殺子也已經變成了沙子。

……而且，我、姜德還有殺子現在正透過桶子裡的螢幕俯瞰著她的樣子。

在我身旁的姜德終於忍不住開口問了。

「喂、喂！那個房間到底是怎麼一回事？」

「那是聖哉準備好的假司令室啦！裡面還布署了跟我們長得一模一樣的土偶。」

「這、這個我知道啦，可是……瑟蕾莫妮可不是殺了她的妹妹，獲得透過土蛇移動到我們的監視地點的能力嗎？為什麼她不是連到這裡，而是連到那個假房間啊？」

「你看這個。」

我把一頁卷軸拿給姜德看。

『瑟蕾莫妮可說不定會透過土蛇的眼睛，像亡靈一樣從螢幕裡面爬出來。為了防範這種情況發生，我在土蛇攝影機與土蛇螢幕之間另外設置了一個中繼站來屏蔽連結。順便一提，你們如今所在的地方不是地下迷宮的最底層。這間司令室位於距離地下迷宮所在的地點幾十公尺以外的地底，並且與地下迷宮隔離開來。而且你們所看到的所有水桶影像，都是透過假司令室的土蛇攝影機轉播，先屏蔽影像迴路之後再進行傳輸。』

我得意洋洋地告訴啞口無言的姜德：

「這就是地下迷宮最大的陷阱——『怨念屏蔽室（Proxy Room）』！」

第四十三章　廢柴女神大顯身手

「唔……！」

心知中計，瑟蕾莫妮可掉頭想走，整間房間卻比她更早一步被刺眼的閃光籠罩。

這次爆炸的火力之大，簡直讓至今為止的爆炸陷阱都顯得像小兒科一樣。拍攝影像的土蛇大概也被破壞了，螢幕上剩下一片雜訊。

當新的土蛇從怨念屏蔽室的地下鑽出來，再度拍攝到影像的時候——

「嘎吁……啊嗚……」

只見瑟蕾莫妮可已經趴在地上，渾身痙攣個不停。除了在地下九樓失去的左手之外，這次的爆炸又讓她失去了右腳。

瑟蕾莫妮可氣若游絲，但是四面八方的牆壁又朝瑟蕾莫妮可噴出了火焰！火焰結束之後，房間裡的天花板發出聲音，迫近瑟蕾莫妮可準備壓死她！

「有、有必要做到這種地步嗎……！」

看到這麼心狠手辣的陷阱，姜德不禁倒抽了一口氣。

『怨念屏蔽室【距離最後的堡壘只有一步之遙】，因此必須在這裡確實地擋住瑟蕾莫妮可的攻勢。』

正如聖哉寫在指示書上的內容，毫不留情的攻擊紛紛往瑟蕾莫妮可的身上招呼。

……等到降下來的天花板回到原本的位置的時候，瑟蕾莫妮可已經一動也不動了。

「打、打倒她了嗎？」

「我確認看看！」

我剛才看不見瑟蕾莫妮可的能力值，但是她現在處於無比虛弱的狀態，說不定……我抱著姑且一試的心態發動了能力透視。

怨皇瑟蕾莫妮可

Lv：99（MAX）

HP：1／66666　MP：1／66666

攻擊力：666666　防禦力：666666　速度：666666　魔力：6666

成長度：999（MAX）

耐受性：火、水、風、雷、冰、土、闇、毒、麻痺、詛咒、即死、睡眠、異常狀態

特殊技能：邪神的加護（Lv：MAX）　詛咒波動（Lv：MAX）

視野內瞬間移動（Lv：MAX）　暗黑體力（Lv：MAX）

特技：咒縛掌（Grudge Hand）

無聲縮地（Stealth Step）

次元間縮地（Dimension Step）

憎惡血妹（Bloody Sisteria）

性格：偏執

「看、看見了！她的ＨＰ只剩下１了！」

「嗯。可是，她被打成那樣居然還活著，生命力實在太驚人了……！」

「因為她的技能裡面有一招『暗黑體力』！肯定需要使用光系力量才能給她致命一擊！」

我詢問殺子：

「吶，小殺，有辦法從這裡到瑟蕾莫妮可所在的地方去嗎？」

「呃……啊、有的！這頁卷軸上面有個項目叫做『使用地下電梯前往怨念屏蔽室的方法』！」

我深深地吐出一口氣之後，下定了決心宣告：

「我去了結她！」

聽到我這麼說，殺子把卷軸遞過來給我看。

「可、可是，請您看看這則指示！聖哉先生說：『除非情況危及，否則絕對不要接近怨念屏蔽室。』」

「ＨＰ和ＭＰ都是1，瑟蕾莫妮可已經只剩下一口氣了！只要再給她一擊就能了斷她！而且按照先前的情況看起來，瑟蕾莫妮可沒有連鎖魂破壞（Chain Destruction）的武器！她殺不了我！」

「考、考慮到她回血後，再度跨越次元瞬間移動過來的可能性，的確是趁現在給她致命一擊比較好……」

我從胸口拿出土蛇，遞給忸忸怩怩，看起來很擔心的殺子。

「這是以防萬一的土蛇電話，我可以透過這個跟你們通話。喏，這下妳可以放心了吧？」

「可是……我還是很擔心……」

「沒事啦！我就是為了這一刻才去找金神修行的！」

姜德拍了拍殺子的肩膀。

「她都這麼說了，殺子，相信女神吧！」

「好、好的！」

「那我過去了。」

看著「使用地下電梯前往怨念屏蔽室的方法」的那一頁，我移動到房間的角落。把那張紙拿給冒出來的土蛇看過之後，土蛇點了點頭。這下我應該就可以移動到瑟蕾莫妮可所在的房間了。

朝另外兩個人揮了揮手之後，我的身體彷彿被吸入地底似的消失在原地……

跟透過移動式洞窟往上鑽的感覺很像，我在地底移動，最後抵達了怨念屏蔽室，而瑟蕾莫妮可就倒在不遠的地方。

『喂，女神，妳聽得到嗎？』

姜德的聲音冷不防地從胸前的土蛇傳來。

「嗯，我剛剛抵達了。」

『莉絲妲小姐，請您不要逞強喔！』

「沒事，看我一口氣解決她。」

於是我深呼吸一口氣……用掌心對準瑟蕾莫妮可，高聲大喊：

「嘿嘿～！嘿、嘿、嘿嘿嘿～！」

結果土蛇電話的另一端馬上開始騷動起來了。

『不不不，那個女神在搞什麼鬼？她只是一直在「嘿嘿嘿」個不停而已耶！』

『莉、莉絲妲小姐？』

即使如此，我依舊氣勢洶洶地不停吶喊……可是，瑟蕾莫妮可看起來一點變化都沒有。

『喂，女神！妳不要鬧了！又不是在辦祭典！』

我、我知道啦！那隻不死者好吵喔！不這樣吶喊就不能發動光之力，我又有什麼辦法嘛！

「嘿嘿嘿！嘿、嘿嘿嘿嘿～嘿嘿嘿！」

就算被罵我還是繼續吶喊，不久之後，姜德的怒氣變成了嘆息。

『居、居然會相信那個【祭典女神】……！我簡直是笨蛋……！』

誰是祭典女神啊！是說，這是在搞什麼呀！為什麼我這麼努力卻一點效果都沒有！巴爾祖魯！下次見到那個騙錢女神我一定要揍飛她！

總而言之，就在我為了達到更好的效果，把手朝著瑟蕾莫妮可伸得更近一點的那個瞬間，傷痕累累的瑟蕾莫妮可突然一把抓住了我的手腕！

「！呀啊啊啊啊啊啊啊啊！」

「哦哦……喔喔喔喔喔……！」

那張滿口牙齒盡數脫落的嘴裡，發出了充滿怨懟的低吼！

『不、不行！殺子，我們也快點過去！』

『是、是！』

被瑟蕾莫妮可抓住手臂，我都快要飆出淚來了。

啊啊啊啊啊啊！結果居然變成這樣！我又要拖後腿了嗎？

我心中悔恨不已，卻突然發現——

「唔唔……啊啊……！唔啊啊啊啊啊……！」

瑟蕾莫妮可好像在痛苦地哀號耶！

「咦、咦咦？」

回過神來，我才發現從我手中發出的淡淡光芒正籠罩著瑟蕾莫妮可！

我、我的力量該不會發揮效果了吧！很、很好！既然是這樣，那我就要更賣力地全力吶喊了！出來吧，我的女神之力！再多一點……Plus Ultraaaaaaaaa！

「嘿、嘿嘿嘿嘿，嘿嘿嘿！嘿嘿嘿嘿、嘿嘿嘿嘿，嘿嘿嘿！嘿嘿嘿～嘿嘿嘿嘿嘿～！嘿嘿嘿嘿嘿嘿嘿嘿嘿嘿嘿嘿嘿嘿嘿嘿嘿……」

我不停地吶喊，喊到覺得自己有生以來從來沒有這麼賣力地喊叫過。

「妳沒事吧，祭典女神！」

「莉絲妲小姐！」

他們兩人從地底現身，看到瑟蕾莫妮可之後，兩個人都說不出話來了。

只見瑟蕾莫妮可被光芒籠罩，身體像木乃伊一樣漸漸乾枯，抓住我手腕的手臂無力地掉到地上。

「幹、幹掉她了嗎……？」

「大概吧……我姑且確認一下……」

我把重點放在體力上，發動了能力透視，她的能力值映入了我的眼中。

怨皇瑟蕾莫妮可

Lv：99（MAX）

HP：0／66666

「HP是0！她死透了！」

我大叫之後看向姜德與殺子，他們兩個卻不發一語地陷入了沉默。

嗚嗚！反正他們一定覺得很傻眼吧？算了……這又有什麼辦法，畢竟剛才真的很荒腔走板……唉～事情怎麼會變成這個樣子呢？我好遜喔……

可是，跟我預想的正好相反，姜德與殺子都感嘆地說：

「驅魔的力量太了不起了！我對妳刮目相看了，女神！」

「……咦？」

「您好厲害喔，莉絲妲小姐！您沒有依靠聖哉先生就擊敗對方了！真不愧是女神大人！」

「是、是嗎？這沒什麼大不了的啦……」

我含蓄地回應他們，同時——

——呀呼～～～～～！

沐浴在讚賞之中的我，卻在內心裡面喜孜孜地大聲歡呼。

打倒瑟蕾莫妮可之後，我總算得以順利地打開通往神界的傳送門。讓姜德揹著聖哉穿過門之後，只見頭頂上有兩輪明月高掛天空，神界現在是晚上。

由於強大的靈氣，姜德無法進入神殿，於是我改而借助賽爾瑟烏斯的力量，把聖哉搬到我房間的床上，讓他躺下。

看到我擔心地撫摸聖哉的臉頰，賽爾瑟烏斯樂呵呵地說：

「只不過，真沒想到這個勇者居然會倒下。哇哈哈哈，這就叫做天譴吧！」

「剛才那句話要是被聖哉知道你就要倒大楣了喔，賽爾瑟烏斯。」

「唔……哎呀，抱歉啦，不要跟他說喔！絕對不能說喔！我們約好了喔！那個……拜託您千萬不要說，求求您，對不起。」

就在他道歉的時候，阿麗雅走進了房間。

「莉絲妲，伊希絲妲大人找妳。聖哉就由我來照顧，妳快過去吧……」

我一個人獨自前往伊希絲妲大人的房間，邊走邊心想。

找我有什麼事情呢……啊啊！難道是因為我出手給了瑟蕾莫妮可最後一擊？那是不是超出女神所能提供的支援的範疇了！

我一邊緊張著至深神界會不會又降下懲罰一邊走進房間裡，結果發現那只是我的杞人憂天而已。

「並沒有什麼懲罰，莉絲妲黛。雖然龍宮院聖哉無法行動，不過依舊是用他土系魔法的力量把瑟蕾莫妮可逼入了絕境呀？妳只是按照他的指示打倒了敵人，完全屬於支援的範疇。」

啊啊，太好了……嗯？那伊希絲妲大人找我來有什麼事？

結果伊希絲妲大人突然低頭向我道歉。

「咦咦！伊希絲妲大人！」

「由於伊克斯佛利亞的邪神干擾，我難以看見那裡的未來……」

然後她露出了滿臉苦澀的表情。

「實在很抱歉，是我加劇了龍宮院聖哉的精神疲勞。不管精神再怎麼強大，他畢竟都只是個人類……也許我還是不該把那件事情告訴他的。」

「呃、呃，『那件事情』是指……？」

伊希絲妲大人沉默了一會兒之後，對我說：

「等時候到了，我自然也會告訴妳。」

「好、好的……」

然後她微微一笑，換了個話題。

「莉絲妲黛，勇者不在的時候，妳很努力地提供了女神應該提供的支援。妳不必擔心龍宮院聖哉的安危，想必他很快就會醒過來了。」

與伊希絲妲大人談過話之後，我拿著冰涼的毛巾返回我供聖哉休息的我的房間。我打開了房門，卻發現阿麗雅與賽爾瑟烏斯都不在。

——咦！這個意思是，該不會……！

「聖、聖哉……你醒過來了……！」

聖哉已經從床上爬起來，望著窗外了。

「你一定很累吧？你可以再多睡一下……」

然而，他不發一語。按照聖哉的性格，他一定對於自己在戰鬥中倒下的這件事感到非常懊悔。

「沒關係啦！反正我們打敗瑟蕾莫妮可了！嗯……你不相信嗎？可是我們回到神界來

了，這就是證據呀！小殺和姜德也都平安無事，你完全不用擔心啦！」

即使我這麼說，聖哉依舊一臉凝重地繼續望著窗戶。

「我說，聖哉……伊希絲妲大人跟你說了什麼呀？她都不肯告訴我……」

還是沉默。於是我提高了嗓門說：

「我、我說你呀！幹嘛把所有事情全部自己一個人往心裡吞啊！你可以更依賴我們……更依賴我一點呀！我、我就是為了這個而支援你的！」

心中再也壓抑不住的情緒流露而出。我走近聖哉，從他的背後抱住他，把心情一股腦兒地朝著那片感覺不太到體溫的寬大背脊丟過去。

「許多人因為自己而死去……你一定很難過吧？你一定很痛苦對不對？你一定沒辦法用平常心去看待這件事情吧？可是……聖哉你並不是一個人喔，因為你的身邊還有我呀……！」

我想融化聖哉那顆冰塊一般的心——想到這裡，我更加用力地抱緊了聖哉。結果——

『嘩啦啦啦啦啦啦』。

聖哉的身體垮掉了！變成沙子四散在地上！我不禁慘叫！

「咦咦咦咦咦咦咦咦咦咦？我只是想融化你的心而已，結果連你的身體都融化掉了啊啊啊啊啊啊啊啊啊啊啊！」

不、不對，怎麼可能！這是……土偶！是說，等一下！我覺得剛才那個場面超棒的！其實我是對著土偶叨叨絮絮地說了一大串嗎？

然後我轉身往背後看，只見聖哉本尊正用空前絕後的死魚眼盯著我看。

我努力組織語言問他。

「為、為、為、為什麼房間裡面會有土偶……？」

「因為我怕妳會趁人之危。」

「我才不會咧……！話、話說回來，那個……剛才的事情……你都看到了？」

「嗯，從頭到尾都看到了。」

哦喔喔喔喔喔喔喔喔！丟臉死了啊啊啊啊啊啊啊啊啊啊啊啊啊！

我丟臉得簡直想死，用雙手摀著臉一頭栽在床上，而聖哉喃喃自語地說：

「看著妳，就讓我不禁覺得世界上的所有事情都蠢斃了。」

「你是什麼意思啦！」

我大吼，但是聖哉卻自顧自地朝著房門走去。

「你要去哪裡？」

「召喚之間。」

「你一個人不要緊嗎？」

「我已經康復了。只不過以防萬一，今天休息一晚之後，明天再回伊克斯佛利亞去。」

「了解……」

只不過，聖哉在房門前短暫地停下了腳步，低聲嘟囔道：

「莉絲妲，這次謝謝妳了。」

「……咦？」

然後他「砰」地一聲關上了房門。

聖哉離開之後，我在床上滿床打滾。

「莉絲妲，這次謝謝妳了」、「莉絲妲，這次謝謝妳了」……我在腦海裡無限重播聖哉所說的話並且「嗚呼呼呼」地暗爽竊笑。

我突然想起我們打倒葛蘭多雷翁之後，卡蜜拉王妃對我說過的話。

『在這個過於痛苦的世界裡，就由妳來陪伴他。就算做了蠢事、傻事，也會在不知不覺間拯救那個人。』

——我有點不太理解，不過……意思是說我只要維持現在這個樣子就好了對吧！

總覺得自己身為女神的存在價值獲得了認同，讓我開心得不得了。

……當天晚上，我夢見了聖哉。或許是因為聖哉的溫度還殘留在他躺過的床鋪上面的緣故吧。

在夢裡，我變回了成為女神之前的緹雅娜公主，身旁有聖哉陪伴，懷裡有可愛的小寶寶在睡覺。平時冷漠的聖哉看著我與小寶寶，臉上帶著溫柔的微笑。

大概是清醒夢吧，夢中的我知道這是在作夢。

——上一次，聖哉在打倒魔王之後沒有回到原本的世界去，而是留在伊克斯佛利亞。然後我與聖哉生下了小寶寶，幸福美滿地在塔瑪因生活……

只要命運的齒輪往不同的方向轉動些許，我們也可能擁有這樣的未來吧。一想到這裡，我的心便難過地揪了起來。

我想摸一摸懷裡的小寶寶，轉移這股難過的心情。

但是……在我看到小寶寶的臉的瞬間，我渾身都僵住了。

長長的頭髮！爛掉的眼睛與鼻子！小寶寶的臉在不知不覺間變成了女人血淋淋的臉！

我想逃，小寶寶卻牢牢地抱住了我的胸口不肯放手！然後小寶寶張開掉光了牙齒的嘴！

「我是……夏娜可，瑟蕾莫妮可的老么夏娜可……」

血淋淋的臉湊到了我的眼前！

「我要一直詛咒妳，直到妳的靈魂被上天召喚為止。這是連神的性命都能終結，怨皇瑟蕾莫妮可最後的詛咒——『憎惡血妹（Bloody Sisteria）』。」

第四十四章　憎惡血妹

「嗚哇啊啊啊啊啊啊啊啊啊啊啊啊啊啊啊啊啊啊啊啊啊！」

睜開眼睛的同時，我從床上跳了起來，全身上下都是汗。

——爛、爛死了！那是什麼爛夢！

望著神界那道和煦的朝陽晨光從窗外照進來，我試著調整呼吸。

呼……轉換個心情，到賽爾瑟烏斯的咖啡座去要杯咖啡喝吧……

就在我準備換上平時穿的洋裝，並且換到一半的時候，房門被人「咚咚咚」地用力敲響。

「很吵耶，是誰呀……咦、咦咦？」

打開房門之後，我大吃一驚。只見阿麗雅、雅黛涅拉大人、賽爾瑟烏斯，甚至連火神赫絲緹卡大人與雷神歐蘭德大人……住在神殿裡的眾神們都聚集到了眼前。

「發、發、發生了什麼事？」

聽到我這麼大叫之後，歐蘭德大人說：

「這句話應該要問妳吧！莉絲妲黛！我剛才從妳的房間裡感覺到一股驚人的邪氣！」

「邪氣……？」

阿麗雅用手摀著嘴，一臉驚恐地指著我。

「莉、莉絲姐……妳身上散發著邪氣……！」

「好不祥的氣息！」

我一頭霧水地愣在原地。跟其他往後退了幾步的眾神們相反，雅黛涅拉大人靠近我，抓住我的左手死死地盯著看。

「這、這是詛、詛咒。施術者碰、碰過妳的手腕？」

雅黛涅拉大人把我的手腕拎到我眼前，示意我：「妳看。」只見我的手腕上有一個清晰可見的手印，彷彿被誰用力抓住過一樣。

「不、不會吧……！」

這麼說來，剛才那個並不是夢嗎？

「怨、怨皇瑟蕾莫妮可最後的詛咒──『憎惡血妹』……！」

我複述我在夢裡聽到的這段話，嚇得打起了冷顫，阿麗雅努力對著我擠出了笑容。

「莉絲姐，妳不用擔心，這裡是神界，肯定會有解決辦法。」

賽爾瑟烏斯也神情僵硬地點頭。

「更、更何況，神就算被詛咒了也不會死！妳也用不著太擔心啦！」

「說、說得……也是！」

「總而言之，先去找伊希絲妲大人商量看看吧！」

在我跟阿麗雅一起離開了房間之後，我看到聖哉倚在走道的牆上。

「啊、聖哉！稍微等我一下！我馬上就好！」

「……妳身上散發出來的邪氣，可不像是能夠馬上好的程度。」

聖哉「唉……」的一聲，簡短地吐出一口氣之後，走到我的身邊來。

「我也跟妳一起去。」

於是我、阿麗雅與聖哉一起前往伊希絲妲大人的房間。

「打擾了……」

我跟在阿麗雅身後，與聖哉一起進入了伊希絲妲大人的房間。坐在椅子上的伊希絲妲大人表情嚴肅，在我開口之前就率先開口對我說：

「莉絲妲黛被黑色的霧靄籠罩了全身，我好久沒見到這麼強大的詛咒了，這恐怕是施術者以性命為代價所發動的詛咒吧。」

伊希絲妲大人接著說：

「神或勇者的體內有著替代的魂魄──『星魂』，而連鎖魂破壞是能夠藉由破壞星魂，繼而連鎖摧毀原本的魂魄──『聖魂』的魔導具。」

聽到伊希絲妲大人在這個時候開始說起連鎖魂破壞，我不禁寒毛直豎。

「伊、伊希絲妲大人，難道說……！」

「是的，這個詛咒具有跟連鎖魂破壞同樣的效果。等到詛咒完全發動的時候，妳的聖魂也會連帶遭到摧毀。」

「您、您的意思是說我會死嗎？」

我的眼前一陣天旋地轉。聖哉代替陷入沉默的我與阿麗雅開口問道：

「有辦法祛除詛咒嗎？」

「由於邪神的干擾，我無法看見莉絲妲黛的未來，因此我接下來要說的這些話不是預言，而是我的推測。要祛除詛咒，必須靠遠勝於這道強大詛咒的光之力來解除，或者讓詛咒本體感受到所依附的聖魂歸天，或者被粉碎。」

嗚嗚！「讓聖魂歸天或是被粉碎」，那我不就死掉了！

「老太婆，這詛咒也是來自邪神的力量吧？如果設法停止瑟蕾莫妮可身上的邪神的加護，是不是就能削弱詛咒了？」

「詛咒本身不是出自於邪神的加護，而是來自瑟蕾莫妮可本身。而且現在的狀況是瑟蕾莫妮可身亡消失，只有詛咒殘留了下來。我想即使削弱邪神的力量，詛咒也不會消失。」

「原來如此，那距離她的魂魄被摧毀還剩下多少時間？」

伊希絲妲大人不著痕跡地瞄了我的臉一眼之後說：

「從籠罩在莉絲妲黛身上的邪氣的量來推測……到詛咒完全發動，恐怕只剩不到一個晚上了。」

只、只有一個晚上？

聖哉轉頭對我說：

「莉絲妲，開門。」

「咦？」

「先去伊克斯佛利亞確認瑟蕾莫妮可的屍體，說不定上面會有解除詛咒的線索。」

「嗯、嗯……」

我已經不想再看見瑟蕾莫妮可的屍體了，可是現在的情況不容許我說這種話。

「聖哉、莉絲妲，你們要小心……」

在阿麗雅與伊希絲妲大人的目送下，我開啟通往地底怨念屏蔽室的傳送門。

……啟動過大量陷阱的怨念屏蔽室裡散亂著水桶、牆壁半毀，情況慘烈得不得了。

而瑟蕾莫妮可依舊趴在地上，還是當時那個各失去一隻手腳的狀態。

「咦？聖哉？」

我突然發現聖哉不在身邊，才看到聖哉正從半開的門後面露出一隻眼睛觀察情況。

「……你在做什麼？」

「瑟蕾莫妮可真的死了嗎？如果死了，詛咒的效果會不會還在持續？在這種情況下，要是連我都被詛咒那就沒戲唱了。」

「她、她已經死了啦！更何況，我是不小心被瑟蕾莫妮可抓住手腕才被詛咒的，聖哉你不會有事啦！」

沒錯，發動強大的詛咒需要滿足相當嚴格的條件。我是因為手腕被長時間抓住才徹底地滿足了那個條件。

總算願意從門裡走出來的聖哉，瞇起眼睛看著瑟蕾莫妮可。

「乾掉了。莉絲妲，這是妳的力量造成的嗎？」

「嗯、嗯，被我用光之力照射之後，她就變成這樣了。」

「也就是說，妳進入怨念屏蔽室打算了結瑟蕾莫妮可，結果卻被詛咒了。」

「唔……對不起……」

聖哉沒有責備違背指示的我。

「算了，這次的事情我也有責任。」

他低聲喃喃說完之後，開始用劍鞘往瑟蕾莫妮可的身上東戳戳西戳戳。

「你、你在做什麼？」

「驗屍。」

……在那之後，聖哉用劍鞘把瑟蕾莫妮可的屍體掀過來又翻過去，不久之後，他看向我。

「可以確定她已經徹底死透了。這麼一來，可以刪除瑟蕾莫妮可還活著發動詛咒的可能了。」

「原、原來你是在考慮這個……」

「那麼，接下來就去找那個教導妳的光屬性神祇吧。」

我們在怨念屏蔽室裡，除了確認了瑟蕾莫妮可的死亡之外一無所獲。照例用土系魔法把瑟蕾莫妮可的遺體沉入地底之後，我與聖哉返回神界。

我把傳送門開在神緣之森裡的瓦房前，然後打開木造的門，進入金神巴爾祖魯的家。

巴爾祖魯在榻榻米的房間裡看到我，笑容可掬地微笑道：

「哎呀哎呀，真是稀客，我的修行是否有幫上忙……哎唷喂喂喂喂喂喂喂喂喂喂喂喂喂喂喂！」

然而，當我一走近她，巴爾祖魯便發出了慘叫。

「好、好重的邪氣！好嚇人的詛咒！拜託妳快點回去是也！」

巴爾祖魯從祭壇上拿了一個壺過來，把裝在裡面的鹽巴朝著我們身上灑！

「噗哇、呸！等、等一下，巴爾祖魯，妳聽我說——」

「就算妳給我再多錢，我也拿這麼強大的詛咒沒辦法是也！拜託妳快回去是也！」

看到瘋狂對我們灑鹽的巴爾祖魯，聖哉皺起了眉頭。

「喂，這傢伙是怎麼回事？『丟沙子的歐巴桑女神』嗎？」

「不、不是啦，才沒有那種女神！她好歹也算是光屬性的神……」

聖哉走近巴爾祖魯，一把搶過壺之後，「嘩啦」一聲往巴爾祖魯的頭上扣了下去！

「啊嘎！好、好暗！還有……鹽巴跑進眼睛裡面了，眼睛好痛是也喂喂喂喂喂！」

然後聖哉若無其事地轉身。

「浪費時間，我們走吧。」

「嗯、嗯……」

聖哉這次叫我把門開在神界的屋頂上，他好像想找身為神界第二把交椅的破壞神瓦爾雷丘大人詢問解決方案。瓦爾雷丘大人之前曾經暗示過我們戰神傑特的存在，說不定她會知道一些伊希絲妲大人不方便說出口的解決辦法。

身上只纏繞著鎖鏈的半裸女神，今天依舊在屋頂上畫著她那拙劣得要命的畫，但是她在聖哉走近之後便放下了畫筆。他們說了幾句話之後，瓦爾雷丘大人朝我走了過來。

「好吧，莉絲妲黛。真沒辦法，就由我來助妳一臂之力吧。」

然後她用右手對準我的臉。

「咦？瓦爾雷丘大人？」

「很簡單，簡略地說，只要讓詛咒誤以為『妳死了』就好。」

「等、等一下，瓦爾雷丘大人！您、您該不會是要！」

「第一破壞術式（First Valkyrie）……『掌握壓壞（Shattered Break）』！」

「太過分了噗！」

我還來不及感覺到疼痛，眼前就突然陷入一片黑暗。

……過了好一會兒，我清醒過來。不對，我不知道「清醒過來」這個說法正不正確，因為我正從不遠的地方，看著倒在地上，被聖哉與瓦爾雷丘大人圍著的我自己。我的頭部被破壞，以一種兒童不宜的獵奇感覺癱軟在地上。

——咦咦咦咦咦咦咦！我被瓦爾雷丘大人殺了嗎？意思是說，我現在是類似幽靈之類的東西嘍？不要這麼亂來好不好，真是的！好……好吧，可是瓦爾雷丘大人也是為了救我才這麼做的，要是我真的能夠因此得救的話……

我這麼心想，同時看著倒地的我，只見我身上散發出來的邪氣開始凝聚，漸漸地變成了一個人的形狀！然後再變成一個擁有兩顆女人頭顱的雙頭怪物！

——噫！瑟蕾莫妮可！

凝聚邪氣成形的瑟蕾莫妮可重新長出了原本失去的手與腳，但是瑟蕾娜與莫妮卡的臉還是一樣鮮血淋漓、不成人形。

就在那一剎那！兩顆頭顱中間突然噴出烏黑的血，一顆新的頭顱衝破皮膚長出來了！這顆頭也血淋淋的，而且好像被人挖掉了眼球，兩眼空洞！

——那是……夏娜可？

不知道為什麼，聖哉與瓦爾雷丘大人都沒有發現我與瑟蕾莫妮可的存在。說不定現在的我與瑟蕾莫妮可其實不同於幽靈或靈體，而是只剩下意識還存在著。

瑟蕾莫妮可用手摸索著走到倒地的我旁邊，然後蹲下來碎碎唸了起來。

「死了嗎？死了嗎？死了嗎？死了嗎？死了嗎？死了嗎？死了嗎？」

可是，她冷不防地站了起來。

她猛然扭過頭，搖搖晃晃地朝向一直看著這幅光景的我走了過來！她的眼睛明明看不見，為什麼可以正確地知道我的位置！

——嗚哇哇哇哇哇哇！

我想逃跑，身體卻動不了！她抓住我的身體，將血淋淋的臉湊上來，用宛如來自地獄深處的聲音說！

「妳沒死妳沒死妳沒死妳沒死妳沒死妳沒死……」

「呀啊啊啊啊啊啊啊啊啊啊啊啊啊啊啊啊啊啊啊！」

我又尖叫著醒了過來。

「妳、妳還好吧，莉絲妲？」

阿麗雅一臉擔心地看著我。

「咦、咦咦？我這是？」

我四下張望了一下，發現我在自己的房間裡。除了聖哉之外，還有賽爾瑟烏斯、雅黛涅拉大人、瓦爾雷丘大人都在。我戰戰兢兢地摸了摸自己被瓦爾雷丘大人破壞掉的臉，看來好像長回原本的樣子了。

「吶，阿麗雅，我睡了多久？」

「兩個小時左右。其實在妳倒下的這段期間，我們也盡可能的嘗試過所有辦法了，可是……」

我在眾多神祇之中發現伊希絲妲大人也在場，伊希絲妲大人很少離開房間，看到她那一臉悲傷的表情──

『啊啊，這樣啊，我已經沒救了。』──我心裡直白地這麼想。

我握住阿麗雅的手。

「阿麗雅，我死掉之後的事情就拜託妳了，妳要跟聖哉他們一起拯救伊克斯佛利亞喔。」

「嗚嗚、莉絲妲……！怎麼可以……怎麼會這樣……！」

眼淚從阿麗雅的眼裡掉了下來，我摸了摸阿麗雅的頭，對旁邊的賽爾瑟烏斯說：

「吶，賽爾瑟烏斯，小殺和姜德呢？」

「在我的咖啡廳裡，他們兩個都很擔心妳。」

「幫我轉告他們兩個，說我覺得『很抱歉』。」

「我、我知道了……嗚嗚……！不、不行……這種氣氛……我受不了！」

賽爾瑟烏斯用手捂著臉跑出房間之後，我望向一旁的聖哉。

「聖哉，昨天聽到你對我說『謝謝』，我好開心。雖然來到伊克斯佛利亞之後我老是在扯你的後腿，可是我終於幫上你一點點的忙了，所以我感到很滿足，只不過……」

我心一橫，試著對沉默的聖哉說：

「在最後，我有一個請求……」

大家都在看，但是一想到「反正都是最後了」，我也就不覺得難為情了。

「你、你可以……給我一個吻嗎？親臉頰就好……」

我害羞地笑了笑。

「哎呀，這無關什麼喜歡或討厭、人類或女神的，只是忍不住很想這麼做而已。你想想看……我們不是一路以來一起冒險到了今天嗎？所以只要給我一個臨別的吻就好。」

「莉絲妲……」

聖哉神情認真地走到我身邊。

——啊啊，這下我就了無遺憾了……

然後……

咚！

聖哉往躺在床上的我的腦袋上揍了一拳！

「……噢嗚！」

強烈的衝擊讓我嘴裡發出了怪叫聲！四周的眾神們一陣騷動。

「那、那是最近的人類的親吻嗎？」

「我覺得看起來像是一記拳頭耶？」

「難、難道是看起來像拳頭的親吻？」

我朝著七嘴八舌的眾神們大吼。

「怎麼可能有這種親吻啊啊啊啊啊啊啊！這是無庸置疑的拳頭啦！」

「喔喔，果然是拳頭呢！」我無視那群莫名其妙地接受了這件事的神，這次改為提高嗓門對著聖哉大叫。

「喂喂喂喂喂喂喂喂喂喂！你幹嘛突然打我啦！」

結果聖哉用鼻子「哼」了一聲。

「妳這不是還生龍活虎的嗎？」

「你、你這個人怎麼直到最後都還是這副德性啊啊啊啊啊啊啊！」

「是不是最後還很難說，妳真的竭盡所能地努力過了嗎？真的盡心盡力，不會留下任何悔恨了嗎？」

「咦……」

聖哉用認真的眼神看向我。

「不要輕言放棄，繼續抵抗到最後一刻，我已經下定決心不再讓自己後悔了。我是，而妳也是。」

「聖哉……？」

「到詛咒完全發動為止還有時間，而且也還有解除的可能性。跟我來。」

「咦、咦咦咦咦？」

聖哉硬生生地把臥床的我從床上拖下來，然後——

「老太婆，妳也是。」

「好、好好好。」

他抓著我與伊希絲妲大人的手，推開周遭的眾神走出了房間。

第四十五章　神與人

「我說聖哉！我們要去哪裡呀？」

聖哉不發一語地拖著我與伊希絲妲大人走，抵達神殿三樓的時候，伊希絲妲大人終於開口問：

「……龍宮院聖哉，莫非你想把至深神界牽扯進來嗎？」

「沒錯，我要叫那個什麼時間之神的動用她的力量。雖然多少應該會伴隨著危險性，但是現在只剩下這個辦法了。」

啊……！難道聖哉他……想用時間之神克羅諾亞大人的力量，讓我回到被詛咒之前來救我一命嗎？可、可是！

「竄改時空在神的戒律之中屬於禁忌中的禁忌，這恐怕是不可能的……」

聽到伊希絲妲大人這麼說，聖哉依舊頭也不回地往前走。

「老太婆，妳只要讓我見到時間之神就好了。」

聖哉在三樓走廊盡頭的門前停下了腳步，那裡是通往至深神界的「時間停止的房間」。

聖哉從阿麗雅口中聽說過這個地方的存在，不過他應該是第一次進入這個房間。聖哉在伊希絲妲大人詠唱開門的咒語之後，率先走了進去。

經過陳列諸神靈魂的櫃子之後，一幅巨大的圖畫出現在眼前。畫中有一條蜿蜒小路通往山崖上的神殿，是幅充滿神祕感的畫，而這幅畫正是至深神界的入口。

站在畫作前，伊希絲妲大人表情嚴肅地轉頭看向聖哉。

「龍宮院聖哉，請你小心。過去曾經有某位神祇向至深神界請願卻破局，最後演變成神界統一戰爭（Almagz）的導火線。」

——神界統一戰爭……

戰神傑特以前也說過這件事。我在百年前以女神的身分誕生在神界，而神界統一戰爭恐怕是發生在我誕生之前的事情。可是「戰爭」……我難以相信和平的神界裡居然發生過那種事情。

伊希絲妲大人叮嚀聖哉：

「總之，請你千萬不要惹惱至深神界的神。」

「不用擔心，我會妥善應對。」

進入畫中之後，我們沿著小路前進。走到神殿前的石階後，伊希絲妲大人停下腳步，當場跪下，我也學她跪下。

「坐鎮至深神界的時間之神克羅諾亞大人……我是統一神界最上位的伊希絲妲，到此來有一事相求……」

接著，神殿大門緩緩地開啟了。

……以前，減輕我的懲罰的時候，我只聞其聲而不見其人。但是這次時間女神克羅諾亞大人伴隨著耀眼的光芒從門裡現身了。

「好、好……好美……！」

她的容貌讓我看呆了，甚至忘記了自己目前所處的致命處境。

她身後有著統一神界的女神們平時被封印起來的潔白羽翼，身上散發著神聖的氣息。時間之神克羅諾亞大人穿著一襲燦爛奪目的洋裝，一頭長髮在背後束起，比我至今所見過的任何女神都還要高貴而美麗。

「伊希絲妲指名，我便出來了。」

克羅諾亞大人微笑著朝這裡走來，然後她看到了我，露出滿是同情的表情。

「莉絲妲黛……真可憐，好嚴重的詛咒呀。我真想用我的力量倒轉時光，讓妳回到被詛咒之前的狀態，可是——」

就在她說到這裡的時候——

「……不行。」

一道低沉的聲音在四周迴盪，克羅諾亞大人聳了聳肩。

「有個囉嗦的傢伙在呢。」

「……倒轉時光違反神的律例。」

我對那道充滿威嚴的聲音有印象，他是法理之神涅梅希爾大人。之前要回我的治癒之力的時候，他也是一路反對到最後才心不甘情不願地同意，在我心中的印象是個「嚴格且頑固的神」。可是，要是沒有這位神祇的許可，克羅諾亞大人肯定也沒辦法出手。

就在眾人一片沉默當中，聖哉開口對克羅諾亞大人說：

「沒關係，不用理他。」

！不不不，你算老幾啊！

聖哉的聲音好像被涅梅希爾大人聽到了，涅梅希爾大人發出怒叱：

「人類！你倒是很擅長耍嘴皮子！我可是法理之神涅梅希爾！」

緊接著，至深神殿的大門發出一聲巨響被打開了！從門裡走出來的——

「好、好高大……！」

居然是一名身高五公尺的魁梧男神。留著鬍子的凜然面孔加上雕像般的體格，威嚴與威壓感比賽爾瑟烏斯高出一千倍。

法理之神涅梅希爾大人踩著轟隆轟隆的腳步聲走到了聖哉的面前！

「哇、哇哇！聖哉！你快點道歉呀！」

然而聖哉不肯道歉，只是盯著涅梅希爾大人看，於是涅梅希爾大人的聲音從他的頭上轟然響起。

「我的決定，就是至深神界的決定！改變時空是禁忌！不能倒轉莉絲妲黛的時間！」

面對這驚人的魄力，我渾身發抖，就連伊希絲妲大人也僵住不敢動了。可是聖哉的表情依舊沒有絲毫變化。

「我沒說要把時間倒轉回被詛咒之前。我跟莉絲妲只是想就近觀摩一年前與魔王阿爾特麥歐斯的決戰而已。」

咦咦！回到一年前觀看魔王戰？那、那跟解除我的詛咒有什麼關係啊？

我完全摸不透聖哉的意圖，但是伊希絲妲大人卻「啪」地拍了一下大腿，恍然大悟。

「原來是這樣，龍宮院聖哉。那樣確實有可能在不竄改時空的情況下，將莉絲妲黛從詛咒之中拯救出來。」

「什、什麼意思呀？」

我詢問伊希絲妲大人。

「詳情妳不需要知道。」

但是被聖哉嚴厲地一口回絕了。哎喲，為什麼啦！這明明就是我的事情啊！

涅梅希爾大人瞪著聖哉。

「那你只要拜託伊希絲妲，用水晶球觀看過去的情況就好了。」

「不，如果不回到過去，直接就近觀看的話就沒有意義了。」

「要是你們回到過去，卻被魔王或魔物等等的第三者發現了，很有可能會引發存在環矛盾，如此一來將會導致伊克斯佛利亞崩壞。」

「我會用變形術變化成魔物來防止這種情況發生，而且只要有充裕的空間，還可以使用移動式洞窟潛入地底。」

「……沒有那個必要。」

一直聽著他們兩個人的對話的克羅諾亞大人，把一件看似斗篷的東西遞給我與聖哉。

「這是亞空間外套，是為了在進行時間移動的時候防止存在環矛盾發生的神器。只要披上這件外套，不該存在於那個時代的人就能夠隱形，連氣味、氣息與聲音都可以消除喔。」

這、這麼一來，我們就不會被發現了！克羅諾亞大人果然很溫柔！

「只是偷看魔王戰的話不會有任何問題。那麼，我現在就將莉絲妲黛與龍宮院聖哉送往一年前的伊克斯佛利亞。」

克羅諾亞大人伸出一隻手對準我與聖哉。

可是，就在這個時候。

「慢著，我還沒有同意。」

涅梅希爾大人魁梧的身軀擋在我與聖哉面前，聖哉瞪著涅梅希爾大人說：

「時間之神已經答應了。滾開，莉絲妲已經沒有時間了。」

「我叫你注意你說話的口氣，小子！」

涅梅希爾大人一聲怒吼，讓整個至深神界都晃了一晃。

「膽敢愚弄我……！我就一把捏死你！」

就在我惶惶不安地看向聖哉的那一剎那，我背脊發寒、身體僵住！

……因為聖哉從劍鞘裡拔出了劍來！

「龍宮院聖哉！萬萬不可！」

伊希絲姐大人比我早一步大聲驚呼。

只不過……聖哉只是舉著劍而已，他沒動。

「……這是做什麼？」

涅梅希爾大人納悶地低聲說。然後……我發現了一件事。

聖哉手中的劍正散發出暗紅色的邪氣並且籠罩著涅梅希爾大人！涅梅希爾大人發現自己的皺紋開始變多，手臂肌肉開始鬆弛了！

「我、我的肉體……？那把劍是怎麼一回事……？」

——這、這把劍該不會是……！能夠奪走神身上的靈氣，令其逐漸衰弱的「Holy Power Drain Sword」……！

聖哉告訴涅梅希爾大人：

「這是『莉絲姐老太婆之劍』。」

「！不要講那個別名啦！」

我大叫，但是聖哉卻接著對涅梅希爾大人說：

「法理之神涅梅希爾，不想變成老頭子的話就答應我的條件。」

「……混帳小子！」

涅梅希爾大人一臉凶狠地看向聖哉……但是聖哉已經從原地消失了！他舉著那把散發不祥氣息的劍，跟涅梅希爾大人保持著安全的距離！

「開什麼玩笑，混帳人類！什麼『莉絲姐老太婆之劍』的……看我還不折斷它！」

那個……涅梅希爾大人，雖然情況很嚴肅，但是拜託您不要講出那個劍名好不好！我覺得很丟臉！

涅梅希爾大人朝著聖哉彎下身體，擺出了攻擊姿勢！但是聖哉依舊繼續把劍對著涅梅希爾大人！涅梅希爾大人朝著聖哉衝了過去！下一秒，出現的畫面讓我不禁開始懷疑起自己的眼睛！

咻～咻～咻～咻……

隨著他越來越接近聖哉，涅梅希爾大人的身體宛如從猿猴進化成人類的演化圖的倒轉版一樣越變越小！

「咦……咦咦咦咦咦咦咦？」

等涅梅希爾大人好不容易抵達聖哉面前的時候……他的身體已經變得矮小，步履蹣跚且衰老了。

不只是我，就連克羅諾亞大人與伊希絲妲大人都啞口無言了。聖哉在這個情況下再次詢問變小了的涅梅希爾大人：

「我跟莉絲妲接下來要回到過去……可以吧？」

只見涅梅希爾大人顫巍巍地微笑道：

「嗯，好啊～沒關係。」

「！變成老頭子之後性格就變溫和了！涅梅希爾大人！存在環矛盾不要緊嗎？」

「存在環……什麼？妳說什麼？我聽不懂。腰好痛啊。」

涅梅希爾大人一屁股坐在地上，我們傻了眼，聖哉則是在他旁邊注視著暗紅劍身的劍。

「嗯，真是把好劍，果然派上用場了。」

在一陣短暫的沉默之後——

「噗哧……！」

克羅諾亞大人忍不住笑了出來。除此之外——

「啊哈哈哈哈哈哈哈！」

彷彿在附和克羅諾亞大人似的，神殿裡響起一把中性的聲音！

——這、這個聲音是……至高神布拉夫瑪大人！

位居至深神界之首的創造之神布拉夫瑪大人依舊沒有露面，但是那愉快的聲音在四周迴盪著。

「好久沒被逗笑了。既然法理之神涅梅希爾都同意了，那你們就回到過去看看魔王戰吧。」

太、太好了！至高神也說ＯＫ了！

「只不過，龍宮院聖哉，有件事我要事先聲明。請你不要誤會了，假使今天身為人類的你與莉絲姐黛的處境對調過來，我們絕對不會出手相助。因為莉絲姐黛是女神，住在統一神界的神祇都是我們的孩子。」

意思是說，「如果是人類，無論對方陷入多麼艱難的困境，他們都會見死不救」嗎？我覺得布拉夫瑪大人這句話聽起來超然，卻也相當無情。但是對於布拉夫瑪大人的這番話，聖哉只是用鼻子「哼」了一聲，沒有回嘴一句話。他只是走到克羅諾亞大人的身旁，在她的耳邊說了幾句悄悄話。

「……我明白了，要在那個時間點是嗎？那麼，現在開始將你們送往一年前的伊克斯佛利亞的魔王城。」

我跟聖哉一起披上亞空間外套。

「妳聽好了，莉絲姐黛，只有十分鐘，經過十分鐘，你們就會被強制送返至深神界。」

「我、我知道了！」

「龍宮院聖哉，莉絲姐黛就拜託你了。」

聖哉對伊希絲姐大人輕輕地點了點頭，克羅諾亞大人則是朝著我與聖哉舉起了一隻手。

「準備好了嗎？我要開始了喔……」

然後，我們周遭的空間開始扭曲，克羅諾亞大人與伊希絲妲大人映入眼簾的身影逐漸遠去……

回過神來，我發現我與聖哉處於一片昏暗之中，周遭充斥著濃郁的邪氣與血腥味。

——這、這裡就是魔王城……？嗚嗚……有種好討厭的感覺……！

聖哉突然拉住我的手，兩個人一起躲到一旁的石柱後面。第三者雖然無法感覺到我們的聲音、身影與氣息，但是聖哉依舊為了以防萬一而躲了起來，這點很像是他的作風。

我從石柱後面偷偷觀察情況，只見距離我們很遠的地方，伊克斯佛利亞的魔王阿爾特麥歐斯已經變身為最終型態，化身為醜陋的怪物，正朝著天上高舉四隻手臂。

「力量……邪惡的力量增強了！原來這就是邪神的力量！從現在起，伊克斯佛利亞即將變為魔界！」

阿爾特麥歐斯似乎殺死了勇者，獲得了邪神的加護。他放聲大笑著離開了魔王的房間。觀察了一會兒四周的情況之後，聖哉靜悄悄地往魔王先前所在的地方靠近，我也安安靜靜地跟在聖哉的後頭。

聖哉突然做了個手勢叫我停下，前方似乎有什麼東西倒在地上。

——那、那個……該不會是……！

聖哉一個人接近那個地方，不久之後便折返回來。

「有個自作自受、瞻前不顧後的笨蛋死了。」

「那、那不就是——」

「嗯，是以前的我。心臟被挖出來，腦袋被砸得稀巴爛。」

看到自己的屍體，聖哉依舊事不關己地這麼說。

「話說回來，莉絲妲，怎麼樣？妳的身體有什麼變化嗎？」

「變、變化……嗚嘔……我覺得有點想吐……！」

「我不是指那個。嗯……奇怪了，根據阿麗雅的說法，魔王是在吃掉緹雅娜公主腹中的孩子之後隨即把我殺了……」

聖哉彷彿突然察覺了什麼似的點了點頭。

「這麼說……原來如此，原來還活著啊。」

「咦？」

就在這個時候，烏漆抹黑的對面傳來一陣微弱的聲音，讓我的心臟差點停住。

「剛、剛才那是什麼聲音？還有其他人在嗎？」

「在那邊。」

我提心吊膽地跟著聖哉走過去，然後倒抽了一口涼氣。

「聖哉……你在哪裡……你在哪裡？」

緹雅娜公主滿身是血地倒在我的眼前！她的腹部流出大量的鮮血，眼睛與嘴巴也在出血！

——怎、怎麼會……！腹部被撕裂、孩子被吃掉……而我卻……緹雅娜公主卻還活著……！

「好黑……好痛……好可怕……」

她好可憐，想必她的眼睛已經看不見了。過去的我的身體痙攣著，在黑暗中與漸漸逼近的死亡的恐懼奮戰。

「聖哉……我好痛……好難受……聖哉……」

——嗚嗚！

我看不下去了，於是從緹雅娜公主身上別開了目光。然後，當我轉頭看向聖哉的時候，我大吃一驚。

因為聖哉把克羅諾亞大人給我們的斗篷脫掉了。

「聖、聖哉？你會被緹雅娜公主看見的！存在環矛盾會……！」

「這個女人的死亡已經是既定事實了，死人就算發現我們也沒辦法說出去，不會引發存在環矛盾。」

於是聖哉走到緹雅娜公主身邊。

「……緹雅娜，我在這裡。」

聽到聖哉的聲音，緹雅娜公主痛苦的表情稍微變得柔和了一點。

「聖哉……是聖哉嗎？」

「對，是我。」

「聖哉……太好了……」

聖哉沉默地握住緹雅娜公主的手。

「吶，我……會死嗎？」

「嗯。可是，死亡只是回到出生之前的狀態而已，沒什麼好怕的。」

「這樣啊……」

「我也會馬上去找妳，再會了。」

就這樣，緹雅娜公主再也不動了。

……從我的眼眶不知不覺地掉下了淚水。

照理來說，謹慎的聖哉應該會希望能徹底避免掉所有可能引起存在環矛盾的事態。

——可是……可是他卻還是……沒有放著在死亡深淵掙扎的緹雅娜公主不管……！

我用含著淚水的眼睛看著聖哉與緹雅娜公主，就在這個時候，邪氣從我的身體裡「嘩」地一下散掉了！

咦！這、這是？

一直籠罩在我身上的邪氣在遠處化成人形！緊接著，眼睛與鼻子一片血糊的瑟蕾莫妮可出現了，她用手摸索著，踉踉蹌蹌地朝著剛斷氣的緹雅娜公主靠近！

「哦喔喔喔喔喔喔喔……女神的魂魄歸天了！死了死了，女神死了！詛咒成功了成功了成功了……」

瑟蕾莫妮可心滿意足地自言自語，然後，她彷彿融入四周的黑暗一般倏地消失了。

……聖哉盯著呆站在原地的我看。

「邪氣消失了。看來事情順利解決了。」

「瑟蕾莫妮可的詛咒解除了……到底為什麼？」

「緹雅娜公主與莉絲妲擁有相同的靈魂，我讓瑟蕾莫妮可的詛咒本體感覺到緹雅娜公主被殺之後魂魄升天的瞬間，而瑟蕾莫妮可對此產生了錯覺，於是詛咒便解除了，正如我所料。」

「原、原來是這麼一回事呀……！」

「我怕萬一寄宿在妳身上的詛咒能夠在至深神界聽到我們的對話，這個策略就要穿幫了，所以之前才沒有告訴妳詳情。」

……距離克羅諾亞大人的時間魔法結束，我們被送回至深神界還有幾分鐘，我趁著這段時間對聖哉說：

「聖哉……謝謝你。」

「不用跟我道謝，我應該說過了，這次妳被詛咒我也有責任。」

「不是，不是的。我是要謝謝你……讓緹雅娜公主走得安祥。」

「那只是為了讓瑟蕾莫妮可更快地誤以為妳死了而已。更何況——」

聖哉瞥了一眼緹雅娜公主軟倒在地的遺體，然後說：

「在那個狀態下，根本不知道她有沒有聽到我說的話。」

「……沒那回事。」

「妳又知道了？」

「因為……因為我……覺得很高興……！」

看到我哭著這麼說，聖哉沉默了一會兒之後，低聲說：

「這樣啊。那就當作她聽到了吧。」

不久之後，四周的空間開始扭曲，想必是時間到了。我們從一年前的魔王城回到了至深神界……

向克羅諾亞大人與伊希絲妲大人致上深深的謝意之後，我跟聖哉一起離開了至深神界。

我們打開「時間停止的房間」的大門走在走廊上，星星在窗外閃耀著光輝。

「今天已經太晚了，明天再到伊克斯佛利亞去。」

「……嗯。」

我想說的話多得不得了，卻連一句話也說不出口。就在我磨磨蹭蹭的時候，聖哉已經跑去召喚之間了。

——好想再跟聖哉一起待一下子喔……

落單的我先到阿麗雅的房間去告訴她我沒事了，接著離開神殿前往賽爾瑟烏斯咖啡座。

坐在桌邊的賽爾瑟烏斯、姜德還有殺子一看到我，馬上衝了過來。

「哦哦！莉絲妲！」

「女神！妳沒事吧！」

「莉絲妲小姐！太好了！」

「抱歉，讓你們擔心了。我已經沒事了。」

我抱住殺子之後，姜德開口問我：

「話說回來，那個勇者呢？」

「回召喚之間去了。他說明天要啟程前往伊克斯佛利亞。」

「聖哉先生和莉絲妲小姐都應該多休息一下比較好……」

「不，不用了。畢竟是因為我才延遲了出發的時間。」

賽爾瑟烏斯端來咖啡與蛋糕，閒聊了一會兒之後，我回到我在神殿裡的房間。

我躺在床上，閉上眼睛。發生了太多事情，讓我的身體筋疲力盡。

——聖哉應該也很累了吧？他大病初癒，我卻又讓他逞強了。

我搞不懂聖哉平時都在想什麼、思考什麼，可是經過這次的事情，我知道聖哉也跟其他人一樣受傷了。不，即使他本人裝出一點也不在意的模樣，內心深處卻已經受了傷。所以……他倒下了。

在殺子告訴我之前，我一直沒發現聖哉的精神衰弱。身為機械的殺子比我更了解聖哉，身為支援他的女神，我覺得很可恥。

——從現在起，我必須更關心聖哉……啊，還有，涅梅希爾大人一直維持老頭子的狀態不要緊嗎？唔，算了！放著不管應該就會恢復原狀了吧……

想著想著，我睡著了。

回過神來，我發現我自己一個人孤零零地站著，周遭一片黑暗。

——咦、咦咦？我剛才明明還在房間裡的呀……這難道又是在作夢？

我四下張望了一下，發現不遠的地方有個人，因此嚇了一跳。

該不會是瑟蕾莫妮可吧！詛咒明明就已經解除了啊！

我凝神仔細一看，發現對方身上穿著與四周的黑暗同樣漆黑的長袍，身材、氣質感覺起來都跟瑟蕾莫妮可不一樣。

「初次見面，女神莉絲妲黛。」

對方用低啞的女聲對我說話。她的臉被拉低的長袍遮住，讓人覺得不太舒服，但在知道她不是瑟蕾莫妮可之後，我稍微放心了一點。

但是——

「妳真了不起，居然能從憎惡血妹下逃過一劫，我當時還以為妳死定了呢。好吧，畢竟妳回溯了時間，這也沒辦法嘍。」

從那個女人所說的話聽起來，她好像就在一旁目睹了一切一樣，讓我背脊發寒，僵在原地。

「妳、妳到底是誰……？」

「啊啊，妳大可放心。我殺不了神或勇者，是個只能扭曲世界的弱小存在。只不過，我相信這股力量可以將宇宙變為正確的模樣。」

女人乾巴巴地笑了幾聲之後，轉身離去。

「等等！」

我想去追她，卻突然吹來一陣強風，讓我無法前進。我在風中瞇起了眼睛，想要努力看清楚那個女人的樣子。不知何時，那個女人已經脫下了長袍。

黑、白、紅、藍、金……各種顏色的髮絲重疊，混在一起，我從被強風吹起的髮絲之間看見黑色的翅膀。就在那一剎那，我的腦海裡閃過一個在伊克斯佛利亞聽過好幾次的魔物的名字。

——「雜色髮的惡魔」……！

惡魔準備離去，卻又突然停下了腳步，頭也不回地對我說：

「妳召喚來的勇者是個很棒的勇者，有力量又深謀遠慮。只不過，即使如此……龍宮院聖哉依舊會再度失去他所珍惜的人。這不是預言，而是已經確定的未來。」

「那、那是什麼意思……」

就在我想反問她的下一秒，她的身影彷彿與黑暗同化般，消失了。

……我睜開眼睛，發現只有油燈微弱的光線朦朧地照亮我的房間。我稍微歪頭看了看，窗外一片黑漆漆，大概還是深夜。

剛才那是作夢嗎？不……不對！是雜色髮的惡魔像瑟蕾莫妮可一樣侵入了我的精神裡！可、可是我明明還在神界，她是怎麼做到的……？

我左思右想著，卻發現身體感覺好重。我試著轉動腦袋看了看，發現身上蓋的被子在肚子附近隆起了一塊。

——什、什麼東西……？

我下定決心，一把將整條被子掀了起來，然後發現肚子那裡——

「哦喔喔喔喔喔喔喔……」

是一張眼鼻潰爛、一片血糊的女人的臉！理應已經消失的瑟蕾莫妮可居然壓在我的身上！

「！呀啊啊啊啊啊啊！」

「妳沒死妳沒死妳沒死妳沒死妳沒死……」

吐著詛咒的瑟蕾莫妮可的身體漸漸變得透明，透過她的身體還可以看到天花板。

這、這是鬼魂嗎？死亡的瑟蕾莫妮可這次變成幽靈復活了？怎、怎麼會有這種事情……！

這不可能！但是與此同時，我在心裡確定了一件事！

——原來是這樣……！這肯定是那個傢伙的力量……！那個傢伙……雜色髮的惡魔就是盤據在伊克斯佛利亞的邪神……！

瑟蕾莫妮可的鬼魂在我面前張開她那沒有牙齒的嘴。

「我要侵入妳的體內……再一次觸發憎惡血妹……」

「唔唔！」

瑟蕾莫妮可的手臂變成黑霧，而那片黑霧企圖從我的嘴巴鑽進我的身體裡！我試圖用手去攔阻，黑霧卻穿過我的手湊近了我的嘴唇！

——不、不行了……！

面對鬼魂我束手無策，就在我快要放棄的時候——

「……第四破壞術式『幽壞鐵鎖』。」

一陣熟悉的平淡聲音在房間裡響起！我回過神來，發現瑟蕾莫妮可的身上纏繞了好幾道鎖鏈！

「聖、聖哉！是聖哉嗎？」

「……即使借助時間之神的力量回到過去，還是沒辦法解決瑟蕾莫妮可的問題，這種可能性我也考慮到了。」

太、太厲害了！真不愧是「謹慎到超乎想像」！可、可是他的聲音究竟是從哪裡傳來的？

我順著鎖鏈去找，發現鎖鏈是從床底下冒出來的。不一會兒之後，聖哉從床下的縫隙慢條斯理地爬了出來！

「咦咦咦咦咦咦！你為什麼會從那種地方跑出來？」

「我猜想可能會發生這種情況，所以從妳睡著之前就一直躲在床底下。」

「！你是都市傳說嗎！」

搞、搞什麼呀，這種讓人又噁心又開心又毛骨悚然的複雜心情到底是？

聖哉看著被鎖鏈五花大綁的瑟蕾莫妮可說：

「嗯，看來是近似於在蓋亞布蘭德遇到的死神克羅斯德．塔納托斯般的存在……不對，應該說是邪神的力量讓她變成近似於死神克羅斯德．塔納托斯般的存在了。所以現在用來對付鬼魂的破壞術式『幽壞鐵鎖』才會有效果，但是──」

分析到一半的時候，被鎖鏈捆住的瑟蕾莫妮可抽動了起來。

「哦哦哦哦哦哦哦哦哦哦哦哦……！」

瑟蕾莫妮可充滿怨懟的低吼聲響起！只見房間裡出現了好幾十條……不對，是好幾百條腐爛的手臂！

「噫咦咦咦咦咦咦！這是什麼東西！」

出現在瑟蕾莫妮可腳下的幾條手臂突然伸長，抓住並且扯斷了聖哉的鎖鏈！

「怎、怎麼可能！『幽壞鐵鎖』被破解了！」

從天花板、牆壁、地上伸出來的幾百條手臂像蛇一般蠕動著！然後，掙脫了鎖鏈，重獲自由的瑟蕾莫妮可朝著我過來了！

「殺了妳殺了妳殺了妳殺了妳殺了妳殺了妳殺了妳殺了妳！」

——變成鬼魂之後，她的怨念又增幅了！這個房間已經變成瑟蕾莫妮可的詛咒空間了！我們到底該拿這種情況怎麼辦……！

在這個惡夢般的空間裡，我看向聖哉求救，只見聖哉保持著一如往常的冷靜說：

「之前一直都是瑟蕾莫妮可本身的存在消失，只剩詛咒殘留下來的狀態。但是瑟蕾莫妮可的本體現在藉由邪神的力量化為鬼魂，那我就有辦法處理了。」

「你、你說處理……？」

「躲進妳的床底下之前，我在這個房間的周圍布置了六顆結界石，也拿到施術對象瑟蕾莫妮可的頭髮了。除此之外，在妳被瑟蕾莫妮可附身的情況下，我在妳半徑五百公尺以內的地方進行了三個小時的破邪劍舞。」

「你的意思是說……你該不會……！」

聖哉從劍鞘中拔出白金之劍，白金之劍散發著比平時耀眼好幾倍的光芒，好像劍體本身在發光一樣。

「六芒星破邪祕儀（Sacred Hexagram）——發動。」

霎時間，房間裡被光芒籠罩，無數蠕動的手臂彷彿被光波沖走似的消失了！

——居然在這個時機……用上了伊希絲妲大人傳授給他來打倒葛蘭多雷翁的祕儀……！

瑟蕾莫妮可的靈體在光波中漸漸腐朽！瑟蕾莫妮可的肌肉剝落，模樣變得宛如不死者，卻還是緩緩地朝著我走過來！

「殺……了妳……殺了妳殺了妳殺了妳殺了妳殺了妳殺了妳殺了妳殺了妳……」

「噫……！」

好、好、好驚人的執念！

我嚇得渾身發抖！可是，就在那一瞬間，鎖鏈纏住了瑟蕾莫妮可的靈體！一開始是腳，再來是軀幹，然後是脖子！我回過神來，發現破壞的鎖鏈不只來自聖哉的手，也從房間裡的牆壁與地面延伸而出！

聖哉用咄咄逼人的視線看向瑟蕾莫妮可。

「幽壞鐵鎖。幽壞鐵鎖。幽壞鐵鎖。幽壞鐵鎖。幽壞鐵鎖。幽壞鐵鎖。幽壞鐵鎖。幽壞

鐵鎖。幽壞鐵鎖。」

噫！這邊這個也好有病！

塞滿整個房間的鎖鏈纏住了瑟蕾莫妮可「殺了妳殺了妳」地詛咒個不停的嘴巴！不僅纏住了她的整張臉，還一層又一層纏住了她的全身……瑟蕾莫妮可轉眼間就變成了一顆繭！

聖哉狠狠瞪著被鎖鏈層層纏繞的瑟蕾莫妮可，將自己手上冒出來的鎖鏈用力一拉！只見那顆腫脹的繭往內收縮！伴隨著一陣東西被擠爛的聲音，一股烏黑的邪氣從鎖鏈的縫隙間飛散出來！

……待聖哉的破壞鎖鏈全部消失之後，瑟蕾莫妮可的身影也消失得無影無蹤了。

「打……打倒她了嗎？這次真的打倒她了嗎？」

「嗯，大概吧。」

我雙腿一軟，跌坐在地上。調整了好一會兒的呼吸之後，我總算有辦法開口對聖哉說：

「話、話說回來，我嚇了一跳啊……你居然用了六芒星破邪，我都忘記還有這一招了……」

「雖然在葛蘭多雷翁之戰中沒有用上，但是它依舊是能有效切斷邪神的加護的手段，這一點我一直都記在心裡。」

「原來是這樣呀……啊！可是用來當做觸媒的瑟蕾莫妮可的頭髮！你到底是什麼時候，又是在哪裡拿到這種東西的？」

「跟妳一起去確認瑟蕾莫妮可的屍體的時候拿到的。」

「咦咦！這麼說，你從那個時候就開始考慮要發動六芒星破邪了嗎？」

「以防萬一。」

聖哉一邊跟我說話一邊盯著瑟蕾莫妮可剛才所在的地方，不久之後才微微地點了點頭。

「我想應該徹底消滅她了，不過還是要繼續對妳進行一陣子的後續觀察。」

我突然發現一件事，於是問聖哉。

「吶～吶～意思是說你接下來會一直待在我身邊嗎？晚上會跟我一起睡覺嗎？」

被我這麼一問之後，聖哉喃喃自語地說：

「看來是沒事了，已經確實地消滅瑟蕾莫妮可了。」

「！咦？你剛才明明就不是這麼說的！你想想看，這個時候應該要更謹慎一點呀——」

「閉嘴。吵死了。睡覺。」

「啊唔！」

一顆枕頭直接砸在我臉上。

「你做什麼啦！」就在我拿開枕頭大叫的時候，聖哉已經轉開門把準備離開房間了。

「啊！等一下！」

但是聖哉頭也不回，大步大步地從走廊走掉了……留我一個人在房間裡。

啊啊，真是的！我明明是想跟他道謝的！結果他拿枕頭丟我，害我整個人的感覺都不對

了！

……聖哉離開之後，我坐在床上，重新回想與瑟蕾莫妮可交手的過程。

瑟蕾莫妮可施加在我身上的詛咒，是連伊希絲妲大人都束手無策的無比強大的詛咒，而聖哉祭出時間回溯，讓瑟蕾莫妮可產生錯覺的一手絕技推翻了這個詛咒。但是瑟蕾莫妮可駭人的執念在得到邪神力量的加持之後，化為鬼魂復活並且再度襲擊我，然而聖哉卻連這個情況都預先料到了，這一次用六芒星破邪打倒了她。

——這個勇者真的好猛啊……

因為聖哉接連創造出的種種奇蹟，我甚至開始對他感到敬畏，只不過——

『即使如此……龍宮院聖哉依舊會再度失去他所珍惜的人。這不是預言，而是已經確定的未來。』

邪神所說的話冷不防地閃過我的腦海。

那句話無疑是對著我說的。意思就是……邪神想說，我會在成功拯救伊克斯佛利亞之前就喪命。

沒錯，就像被魔王殺害的緹雅娜公主一樣，再次……

我用力地握緊了拳頭。

什、什麼叫做已經確定的未來啊！聖哉一定會救我的！更何況……少把我看扁了！我好歹也是個女神！就算真的在拯救伊克斯佛利亞的過程中死掉了，我也不會後悔！

由於被聖哉救下，心情正高昂的緣故，在那個時候，我確實是這麼想的。

然而，我萬萬沒有想到，會有遠遠超乎我的想像的可怕事情在前方的未來等著我……

後記

大家好，誠摯感謝您這次購入《這個勇者明明超ＴＵＥＥＥ卻過度謹慎》第四集。是的，這麼快就到第四集了。我當初根本沒想到可以持續發行這麼多集，這都要歸功於各位對本作的支持。我想應該沒什麼人會只買第四集，所以買下這一集的各位，一定都是從第一集開始一直買到了現在……一想到這裡，我就感激得不得了，真的非常謝謝您！

第四集也是我絞盡腦汁全力寫出來的故事，非常簡略地提一下內容的話就是——巨大的莉絲妲現身，然後變成半裸；莉絲妲遭敵人詛咒，差點死掉之類的。明明身為女神，待遇卻依舊很慘呢！希望她有朝一日能夠獲得幸福（講得事不關己）。

這次仍舊是靠著とよた瑣織老師的美麗插畫充分帶出了角色的魅力，希望大家能夠搭配著本文一起欣賞。

第二部的伊克斯佛利亞篇預計會在下一集完結，聖哉與莉絲妲究竟能不能成功拯救上一次沒能拯救的伊克斯佛利亞呢……

那麼，這次的後記就寫到這裡，期待能在第五集與各位重逢。

備註：（日本版）漫畫化也正在進行中，敬請期待！

土日 月

無職轉生～到了異世界就拿出真本事～ 1~16 待續

作者：理不尽な孫の手　插畫：シロタカ

龍神下達的初次任務——
魯迪烏斯將協助愛麗兒探索「圖書迷宮」!!

魯迪烏斯成為龍神奧爾斯帝德的部下，並迎娶艾莉絲為妻。就在某天，奧爾斯帝德下達了第一個任務，要他「讓阿斯拉王國第二公主的愛麗兒登上王位」。為了找到說服甲龍王佩爾基烏斯成為後盾的線索，魯迪烏斯等人前往圖書迷宮！

各 **NT$250~270/HK$75~90**

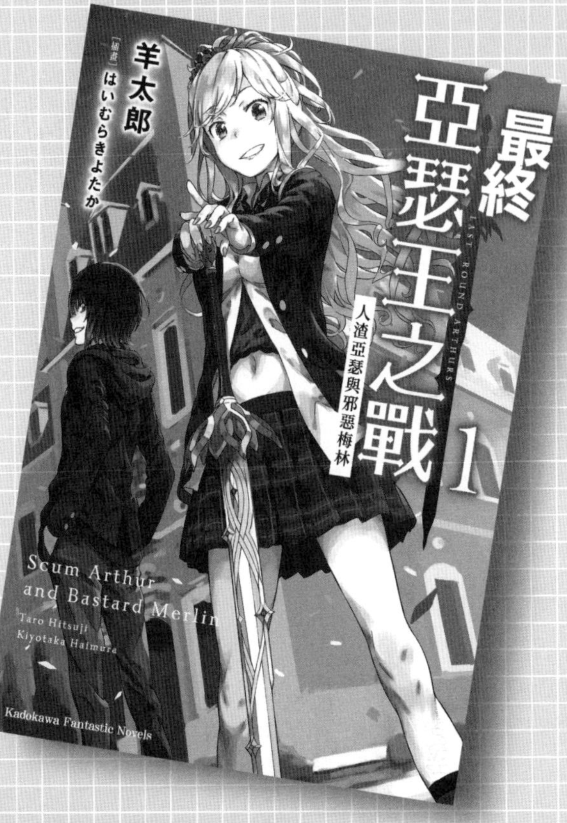

最終亞瑟王之戰 1 待續

Kadokawa Fantastic Novels

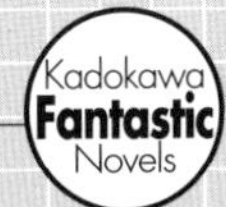

作者：羊太郎　插畫：はいむらきよたか

為了終將到來的世界危機——
決定亞瑟王繼承者的戰爭即將展開！

天才高中生真神凜太郎故意加入被評為「最弱」的瑠奈·阿爾托爾的陣營，參加選拔真正亞瑟王繼承者的「亞瑟王繼承戰」。可是，瑠奈是個當掉聖劍，逼手下玩角色扮演賺錢的人渣！然而面臨絕望的危機時，瑠奈展現出連凜太郎也不由得認同的強大力量——

NT$250/HK$83

國家圖書館出版品預行編目資料

這個勇者明明超TUEEE卻過度謹慎 / 土日月原作；張乃文譯. -- 初版. -- 臺北市：臺灣角川, 2019.12-
冊；　公分
譯自：この勇者が俺ＴＵＥＥＥくせに慎重すぎる
ISBN 978-957-743-446-3(第4冊：平裝)

861.57　　108017551

Kadokawa
Fantastic
Novels

這個勇者明明超TUEEE卻過度謹慎 4

（原著名：この勇者が俺ＴＵＥＥＥくせに慎重すぎる４）

2019年12月18日　初版第1刷發行
2020年3月6日　初版第2刷發行

作　者：土日月
插　畫：とよた瑣織
譯　者：張乃文
發行人：岩崎剛人
總經理：楊淑媄
資深總監：許嘉鴻
總編輯：蔡佩芬
編　輯：蘇涵
美術設計：莊捷寧
印　務：李明修（主任）、張加恩（主任）、張凱棋
發行所：台灣角川股份有限公司
地　址：105台北市光復北路11巷44號5樓
電　話：（02）2747-2433
傳　真：（02）2747-2558
網　址：http://www.kadokawa.com.tw
劃撥帳戶：台灣角川股份有限公司
劃撥帳號：19487412
法律顧問：有澤法律事務所
製　版：尚騰印刷事業有限公司
ＩＳＢＮ：978-957-743-446-3
